パパ探偵の蜜色事件簿

榛名　悠

幻冬舎ルチル文庫

CONTENTS ✦目次✦

パパ探偵の蜜色事件簿

✦カバーデザイン＝久保宏夏（omochi design）
✦ブックデザイン＝まるか工房

イラスト・鈴倉 温✦

パパ探偵の蜜色事件簿

■1■

「はあ、はあ、はあ……っ、な、何とか、撒《ま》いた……？」

路地裏に駆け込んだ星川彰人《ほしかわあきと》は、振り返って暗闇《くらやみ》に視線を走らせた。

追ってくる人影はない。急いで前方も確認したが、どうやら大丈夫なようだ。辺りはしんと静まり返っている。

「はあ、よかった……」

壁に背中を押し付けて、ほっと胸を撫《な》で下ろした。

必死に走ったので心臓がえらいことになっている。足もガクガクと震えて力が入らない。咳《せ》き込みながら壁にもたれて呼吸を整える。十月の夜気が汗ばんだ肌を冷やす。

少し落ち着きを取り戻し、ふうと頭上を仰いだ。

建物の隙間《すきま》から細長く切り取った紺色の夜空が見えた。

遠い月を見上げながら、ため息をつく。――何をやってんだろう、俺は。こんなつもりじゃなかったのに。

人捜しをしていたはずが、なぜかこっちが追い駆けられて、この有様だ。

結局、彼の手懸りは何も摑《つか》めなかった。今頃《いまごろ》どこで誰《だれ》と何をしているのかと想像しただけで、激しい焦燥感に襲われる。

「……っ、早く見つけないと」

唇を嚙《か》み締めて、もたれかかった壁に思わず拳《こぶし》を叩《たた》きつける。その時、「おい、いたぞ！」と声がした。

ハッと顔を向ける。路地の入り口に人影が二つ見えた。

「ヤバイ、見つかった」

弾《はじ》かれたように壁を離れて、奥へと走る。

「おっと、はい残念。こっちもアウトでーす」

「――！」

建物を回り込んで、前方から男が一人現れた。背後から二人もやってくる。三人で挟み撃ちにされた格好《かっこう》だ。

「いやあ、逃げられたかと思ったけど、諦《あきら》めなくてよかったよなあ」

「お前がヘマするからだろ。あそこで捕まえておけば、走り回らなくて済んだんだよ」

「いやだってさ、まさかこのかわいい顔から裏拳《うらけん》が飛んでくるとは思わねえじゃん。油断したわあ。チョー痛いの。これもしかしたら鼻の骨やられてるかも」

本当に折れてしまえばよかったのに、と心の中で毒づいた。変な男たちに絡まれて、闇雲に振るった手がたまたまそこにいた奴《やつ》に当たっただけだ。見たところ、骨折どころか鼻血が出た様子もない。

「なあ、どうしてくれんの？　慰謝料はちゃんと払ってもらわないとなあ」

一人がじりじりと距離を詰めてくる。

ぎょっとした彰人は急いで後退《あとじさ》った。だがすぐ後ろはコンクリートの壁だ。あっという間に逃げ場を失って、ごくりと唾《つば》を飲み込む。

目の前に立った金髪の男がニヤリと下卑た笑みを浮かべた。

「へえ、近くで見たらやっぱり綺麗《きれい》な顔してるな。そんなかわいい目で睨まれたらゾクゾクするんだけど。お前だって、あんなところをうろついてたんだから、そのつもりだったんだろ？　物欲しそうな顔をしてキョロキョロと相手を捜してたじゃねえか」

「ち、違う！　俺はただ人を捜してただけで」

「だーからー、こうやってかわいがってくれる相手を捜してたんだろ？　よかったなあ、三人も見つかったじゃん。たっぷり遊んでやるって。ここじゃ何だし、移動しようか。向こうに車があるからさ」

「やっ、痛っ……は、離せよ！」

強引に腕を掴まれて、引きずられそうになった彰人は必死に抵抗する。しかし、相手は三人。喧嘩《けんか》に自信があるわけでもなく、体形も平均並みの彰人にもはや勝ち目はなかった。

どれだけ暴れても、一番腕っ節の強そうな男に背後から羽交い絞めにされてはもう終わりだ。ずるずると靴の裏が地面を滑り、進みたくもない方向へ無理やり歩かされる。

このまま車に乗せられてしまうことを想像してゾッとした。

昨今の物騒なニュースが走馬灯のように頭をよぎる。犯罪意識のない相手ほどタチの悪いものはない。彼らにとっては暇潰《ひまつぶ》しのゲームのようなものなのだ。

恐怖が込み上げて、じわりと涙が滲《にじ》む。

「やめっ、離せよ！　ヤダって、マジでホント、離して……っ」

「おい、お前ら。そこで何をやってるんだ」

別の声が割り込んできたのはその時だった。

三人が一斉に声のした方を向く。彰人も顔を上げた。

路地の入り口に誰かが立っていた。

シルエットだけでも背が高いのがわかる。その男は目を凝らすようにしてこちらをじっと見つめると、チッとはっきりと聞こえるほど強く舌打ちをした。

「おいおい、三人で寄ってたかってその子をどうするつもりだ」

「はあ？」と、金髪が吐き捨てるように言った。

「何なんだ、オッサン。アンタに関係ないだろうが、すっこんでろよ」

「こんな物騒な現場に居合わせて、見過ごせるわけがないだろうが。男が廃《すた》るってもんだ」

低い声で言い返しながら、人影がゆっくりと近付いてくる。

「何わけのわかんねーことを言っててんだよ。オッサンがカッコつけてんじゃねえっつーの。みっともねえな」

金髪の言葉に、男がフッと笑う。

「みっともないのはどっちだ。お前らの弱いオツムじゃ、そんなこともわからないか。情けないねえ。日本の未来が心配だよ、オジサンは」

「あぁ？　ふざけんなよ。テメエのそのうるさい口がきけないようにしてやるよ！」

言い終わらないうちに、金髪の拳が空を切った。

あっ、と彰人は思わず声を上げる。自分のせいで、この人まで犠牲になるなんて――。

「うぐっ」

しかし、ドサッと重たい音を立てて地面に倒れこんだのは、金髪の方だった。

この場の誰もが予想していなかった展開に、一瞬、沈黙が落ちる。

「でかい口を叩いた割にはたいしたことないな。さて、次はどっちだ？」

ゆらりと動いた影が、パンッと自らの拳で手のひらを打つ。

地面に伸びている金髪をまたいで月明かりに浮かび上がった男が、ニヤッと楽しげに笑った。

彰人の心配は杞憂《きゆう》に終わった。

幸運にも偶然通りかかったその男は、あっという間に三人を倒して彰人を助け出してくれたのである。

圧倒的な強さだった。

手を引かれて別の路地に移動し、向き合った彼が訊《き》いてきた。

「大丈夫だったか？」

彰人は息を乱しながら頷《うなず》く。「は、はい」

「怪我《けが》は？」

「大丈夫です」

「この辺りは初めて来たのか？」

「え？」

まだドキドキしている心臓を宥《なだ》めつつ、彰人は俯《うつむ》いていた顔を上げた。

「あ、はい。そうですけど……」

「そうか」

男が少し気の毒そうに言った。「だったら気をつけた方がいい。この先に公園があるんだが、その周辺はなんというか、いわゆるソッチ系の人たちのハッテン場になっているんだ。飲み屋もそういう店が多い。何も知らなかったのなら仕方ないが、その気がないなら次からは一人でふらふらと歩かない方がいいぞ。キミみたいな子はすぐに目をつけられる。ああいうタチの悪い輩《やから》もうろうろしているからな」

「……そうだったんですか」彰人は咄嗟に嘘をついた。「俺、全然知らなくて」

「まあ、無事でよかった。今度からは気をつけろよ」

反射的に伏せた頭を、ぽんぽんとされる。まるで小さな子どもを相手にしているような仕草だ。ちらっと上目遣いに窺《うかが》うと、目が合った彼はニッと歯を見せて笑った。

年は三十半ばぐらいだろうか。背が高く、適度に厚みのある体はがっしりとしている。肩幅は広いし腹の出ていない腰は引き締まっていて、スーツが似合う男らしい体形だ。細身の彰人にとっては羨ましい限りだった。驚くほど素早い身のこなしで、金髪とその仲間たちを一発で地面に沈めてみせた姿には、脇に立ち尽くしていた彰人も思わず目を奪われた。

大学生の自分や同世代の金髪たちからしてみれば、確かに一回りも年上の彼はオジサンかもしれない。だが、そこが大人の魅力とでもいうのか、とにかく格好よかったのだ。

しかし外灯の下で改めて眺めると、ビシッとして見えたシルエットは少々想像と異なっていた。ネクタイをしていないシャツは皺《しわ》が寄り、スーツもよれよれでくたびれている。激しく動いたせいだろう、撫でつけた前髪が一束落ちて秀でた額にかかっていた。

高い鼻梁《びりょう》と切れ長の目、肉感的な唇。どちらかというと中性的で涼やかな容貌《ようぼう》の彰人に対して、はっきりとした男らしい顔立ちだ。頬《ほお》の削げた精悍《せいかん》な顔つきはハッとするほど整っているが、ひとたび目尻《めじり》をくしゃっとさせて相好を崩すと印象が一変する。クールな二枚目から急に親しみのある三枚目顔になって、彰人も釣られて笑ってしまった。

「あの。危ないところを助けていただいて、本当にどうもありがとうございました」

礼を言うと、またぽんぽんと頭を撫でられる。柔らかい猫っ毛を軽く混ぜるようにして指先が動くのがわかった。優しい手付きだ。

「そうだ。もしまた何か困ったことでもあったらここを訪ねてくれ」

男がおもむろに上着のポケットからそれを取り出して、彰人に渡してくる。

「名刺?」

受け取って、外灯の明かりに照らす。白い長方形の紙には素っ気無い文字が並んでいた。

【伏見《ふしみ》探偵事務所所長　伏見雅文《まさふみ》】

「……探偵さん?」

意外な職業に驚いて、彰人は顔を撥《は》ね上げた。思わず名刺を二度見してしまう。

「そう。探偵さんだ」と、伏見がニカッと笑った。

その時、どこからかムームーと聞き覚えのあるバイブ音が鳴り響く。

「おっ、俺か?」

伏見がズボンのポケットから携帯電話を取り出した。ちょっとごめんと彰人に断って電話に出る。しばらく黙って相手の話を聞いていたが、急に表情を険しくした。

「何、見つかった？」

声を荒げた伏見がハッとしたように彰人に背中を向ける。声を潜めてこそこそと話し出した。深刻な話のようだ。

手持ち無沙汰《ぶさた》になってしまった彰人は、どうしたらいいものかと途方に暮れる。どうやら相手は仕事関係者のようだが、長くなるのだろうか。

会話の内容を聞いてしまっては悪いし、一旦どこかへ移動した方がよさそうだ。しかし、ここは生憎《あいにく》細長い一本道。周囲はコンクリート壁なので思った以上に声が反響する。伏見の低いが通りのいい声が今もぼそぼそと耳を掠《かす》めて、聞かないように意識していてもちょこちょこと単語が拾えてしまうほどだった。しかも「ターゲット」とか「餌《えさ》をばらまけ」とか、不穏な言葉もちらほら飛び交い、関係のない彰人までドキドキしてしまう。

挨拶《あいさつ》をせずに立ち去るのも感じが悪いし、早く電話が終わらないかなとそわそわしていたその時だ。

「何？　死体⁉」

よりによって一番物騒な単語が耳に飛び込んできて、彰人はぎょっとした。

「わかった。すぐに戻る」

通話を終えた気配がして、恐る恐る振り返ると、伏見がこちらに歩み寄ってくるところだった。

「ああ、悪い。待たせてしまって」

「……あの、何か事件ですか？」

おずおずと興味本位で訊ねると、伏見が軽く目を瞠る。

「うん？　ああ、聞こえちゃったか。ちょっと、今かかわっている事件がゴタゴタしているみたいでね」

気を遣ってくれているのだろう。笑ってみせるものの、どことなく緊張感が漂っていた。

探偵と聞いていたが、もしかしたら漫画や小説に出てくるような警察と協力して事件を解決に導く名探偵なのかもしれない。現実にそんな探偵がいるのだろうかと疑問は多々あったが、喧嘩も場慣れしている感があったし、この周辺の地理にも詳しそうだった。正に今も事件を追っている真っ最中だったのかも――。

「あ、あの、もう行ってください。事件なんですよね？　俺のせいで犯人を取り逃がしたら大変ですし」

「？　――…ああ、犯人ね。うん、犯人。そうだな、そろそろ行かないと相棒が待ってるし」

相棒！　伏見の相棒とはどんな人物なのだろう。

うずうずする気持ちをどうにか押さえ込んで、「お仕事、頑張ってください」と伝えた。

「おう、ありがとう。星川くん」

「え？　何で俺の名前……」

「ああ、そうだった。これを返しておかないと」

そう言って伏見が上着の内ポケットから差し出したのは、なぜか彰人の財布だった。

「え？　あれ？　ここに入れておいたのに」

慌ててジーンズの尻ポケットを探り、そこで初めて財布がなくなっていることに気づく。

「どさくさに紛れて、キミを羽交い絞めにしていたヤツがこれをこっそり引き抜くところが見えたんだよ。相当手癖の悪いヤツだったな。あの状況で冷静に財布を抜く余裕があったとはなあ。気をつけないとダメだぞ。まだ、学生だろ？　こんなところで遅くまでフラフラしてないで、早く家に帰りなさい」

「……はい。ありがとうございました」

殊勝に頷くと、伏見がぽんぽんと彰人の頭を撫でて笑った。「それじゃあな。気をつけて帰れよ、星川彰人くん」

「…………」

駆け足で去っていく後ろ姿が見えなくなってから、彰人は取り返してもらった二つ折りの財布を何とはなしに開いた。

「あ、そっか。学生証」

なぜフルネームまでわかったのかと不思議に思っていたが、伏見はこれを見たのだろう。

その時、ひらひらと何かが足元に滑り落ちた。財布に挟まっていたそれは、見覚えのない物だ。菓子店のショップカード。もしかすると、伏見がポケットから財布を取り出す際に、一緒にくっついてきたのかもしれない。

「……何これ。似合わないんだけど」

菓子店のショップカードにはかわいらしいパンダのイラストが付いていた。伏見の外見とパンダが結びつかなくて思わず笑ってしまう。

「それにしても、引き抜かれた俺が全然気づかなかったのに……凄《すご》いな、あの人」

貰《もら》った名刺をもう一度じっくりと眺めて、『伏見雅文』の名前を復唱する。失《な》くさないようショップカードと重ねて大事に財布の中にしまった。

◯◯◯

これも何かの縁だろう。

もしかしたら、見るに見かねた神様がお導きしてくれたのかもしれない。

翌日、彰人は一枚の名刺を頼りにうろうろと往来を彷徨《さまよ》っていた。

「あれ、おかしいな。書いてある住所だとこの辺りなんだけど……」

先ほどから目当ての探偵事務所の看板を捜しているのだが、一向にそれらしきものが見つからない。

最寄り駅から徒歩二十分。古い住宅地の外れで、すぐそこには川が流れている。この川を越えると隣町に入ってしまうので、事務所は橋の手前にあるはずだ。築年数の随分と経《た》った建物が多く、古びたコンクリートビルや木造アパートが目につく。駅前はそれなりに栄えていたのに、一気に時代を遡《さかのぼ》ったような風景に移り変わってしまった。

携帯電話の地図とにらめっこしながら、今来た道をもう一度引き返してみる。うっかり見過ごしてしまったのかもしれない。

「えっと、伏見探偵事務所。伏見、伏見……」

足元を何かが横切った。

「うわっ」

踏ん付けてしまいそうになって、慌てて立ち止まる。『うなーん』と独特の鳴き声がして振り向くと、一匹の猫がじっとこちらを見ていた。

「何だ、猫かよ」

ホッと胸を撫で下ろす。白に黒のブチ猫だ。少々肥満気味だが、眼光が妙に鋭い。言い換えればふてぶてしい顔をしていた。

「飼い猫かな。それとも野良？　なあ、ここら辺に【伏見探偵事務所】ってあるはずなんだけど、お前知らない？」

誰も通らないので、仕方なく猫に訊《たず》ねてみる。

しかし『ぶしゃっ』と、くしゃみのような潰れた声を漏《も》らしたブチ猫は、彰人を無視するようにふいっとそっぽを向いてさっさと歩き出した。壁に立てかけてあった木材を足場にして、ひょいひょいっとブロック塀に上ってしまう。動作の鈍そうな見た目に反して意外なほど身軽でびっくりする。

「……何だよ、つれないな」

猫にあっさりと逃げられて、彰人はため息をついた。何度も繰り返し見た名刺にもう一度目を通す。本当にこの住所は合っているのだろうか。その時、塀の上から影が降ってきたかと思うと、例のブチ猫が目の前でシュタッと華麗に着地を決めた。

『うなーん』と、彰人を見上げて声を聞かせる。そうかと思えばくるりと尻を向けてスタスタと歩き出した。

思わずその場に立ち止まってしばらく猫の様子を見守っていると、おもむろに肢《あし》を止めたそいつがチラッと振り返ってみせる。長い尻尾《しっぽ》がパタパタと揺れる。それが何となく手招きしているように見えて、彰人は戸惑った。自分についてこいと言っているのだろうか。

試しに歩を進めると、それを確認するかのように目を細めた猫も歩き始める。

猫は彰人が何度か往復した通りにまで戻ってくると、細い路地に入る。ここも一度通った道だ。いくつか路地があって、どこも真《ま》っ直《す》ぐ抜けると川に面した通りに出るのだ。そうして、ぐるぐると回って何度も振り出しに戻っていたのだが、猫が曲がったのは初めて通る道だった。

「こんなところにも道があったんだ」

いくつかあるうちの一番奥の路地で、川へと抜ける途中に左へ入る小路《こみち》が存在していたのだ。うっかり見落としていたらしい。

迷いなく進んでいく猫のあとを追いかける。

少し入り組んだ道を抜けると、古い家屋が並ぶ通りに出た。更に先へ進むと少し広めの往来に出る。道路を渡って向かいの三階建ての建物の前で猫が止まった。

「……もしかして、ここ？」

縦長の建物を見上げるが、看板らしきものは見当たらない。

入り口に集合ポストがあった。猫はコンクリート階段の一段目に座ってのんびりと一休みしている。

半信半疑で集合ポストを確認すると、その一つに【伏見探偵事務所】と書いたシールが貼《は》ってあった。思わず猫を見やる。

「お前、すごいな。もしかして俺の言葉がわかるのか？」

猫に目的地まで案内してもらうという貴重な体験をして、テンションが上がった彰人は寝そべっているもふもふの背中を撫でた。『うなーん』と猫が鳴く。

それにしても、この建物は意外だった。

昨日の伏見の雰囲気から、きっとやり手の探偵で街中《まちなか》の大きなビルに事務所を構えているのだとばかり思っていたからだ。それが看板すら出ていない寂れた建物を前にして、正直期待を裏切られた感は拭《ぬぐ》えない。

「まあ、事務所の大きさは関係ないか。名探偵って、大抵が小さな個人事務所だし。にゃんこ、案内してくれてありがとうな。最初見た時はぶちゃいくだと思ったけど、よく見るとなかなか味のある顔してるよ、お前」

「銀次《ぎんじ》様？」

背後から声がした。

振り返ると、そこにはランドセルを背負った少年が立っていた。小学校中学年くらいだろう。スポーツ少年のようなすっきりとした髪型に勝気な目をして、しゃがんだ彰人を不審げにじっと見ている。

「銀次様に何か用ですか？」と、少年が言った。

「え？　ギンジサマ？」

慌てて腰を上げた彰人は戸惑いがちに繰り返すと、少年が淡々と答える。

「その猫の名前です」

「――ああそっか、こいつ。銀次っていうんだ」

「銀、銀次様」

すぐさま少年に訂正されて、彰人は思わず押し黙る。

「ご、ごめん。銀次様ね。キミが銀次様の飼い主なの？」

「うちの家族の一員です。それじゃ、失礼します。銀次様、行こう」

彰人に軽く会釈《えしゃく》をして、少年が階段を上ろうとする。彰人は慌てて脇《わき》に除《よ》けた。この建物に住んでいるのだろうか。しっかりとしているが、随分とクールな小学生だ。

一段目に足をかけた少年が、ふいに動きを止めた。

「……その名刺」

呟《つぶや》いた彼の目が、彰人の手元を捉えていることに気づく。

「ああ、これ。この建物の二階に探偵事務所があるでしょ？　そこにちょっと用があって」

少年がハッとしたように彰人を見上げた。

「お客さんだったんですか」

「え？」

訊き返すと、少年がバツの悪そうな顔をする。

「気づくのが遅れてごめんなさい。どうぞ、事務所《うち》へ案内します」

銀次様を抱き上げた彼は、急に人懐っこい表情を浮かべると、ニカッと現金に笑ってみせたのだった。

少年の後についてコンクリート階段を上がり、二階のドアの前に辿《たど》り着く。

鉄製の玄関ドア。小学生の頃、団地に住んでいた同級生の家に遊びに行った時のことを思い出す。ちょうどこんな感じのドアだった。

塗装の剝《は》げかかったクリーム色のドアには、【伏見探偵事務所】と安っぽい手書きのプレートが掲げてあった。

少年がノブを捻《ひね》る。ドアを大きく開けて「どうぞ」と言った。

「お邪魔します」

彰人はおずおずと玄関に足を踏み入れた。

想像と違って、中は普通の民家といった感じだ。事務所と掲げてあるので土足かと思いきや、手前はコンクリートの靴脱ぎ場になっている。履き古した革靴が一足、脱ぎ散らかしたように左右ばらばらに転がっていた。

先に上がった少年が、自分のスニーカーと革靴を手早く揃《そろ》えて隅に除ける。脇に置いてあったスリッパを並べた。

「これを履いてください」

「あ、すみません」

十歳は年下の小学生に、つい頭を下げてしまう。あまりにしっかりしすぎていて、かえって恐縮する。

「こちらへどうぞ」

廊下はなく、上がってすぐ部屋に繋《つな》がっていた。

シンと静まり返っている。伏見は留守なのだろうか。

横長の空間はキャスター付きのパーテーションで仕切られていて、手前に黒い革張りのソファセットが据えてある。通りに面した窓にはブラインドカーテンが掛かっていた。入って右手には備え付けの簡易キッチン。脇に猫用のトイレが置いてある。

そういえば銀次様はどこに行ったのだろう？　キョロキョロと見やると、背後でブチ猫が足拭きマットの上でよじよじと肉球を拭いていた。彰人の足元をするりと通り過ぎて部屋に入っていく。ソファに飛び乗ると端に寄って、行儀よく座った。

「銀次様、そっちはお客さまの席だから。こっちに」

「あ、大丈夫だよ。俺、猫は好きだし。かわいいよね、銀次様」

彰人も右に倣《なら》って腰を下ろすと、銀次様が『うなーん』と鳴いた。

「すみません。いつもはお客さんがいると座らないんですけど」

少年が申し訳なさそうに言う。彰人は「気にしないで」と引き攣《つ》った笑みを浮かべた。それは、暗に銀次様に客扱いされていないと言われているのだろうか。

「あの、今日は伏見さんは……」

その時、白いパーテーションの向こう側から、しくしくと人の泣き声のようなものが聞こえてきた。

思わずビクッとする。

「えっ、誰かいるの？」

てっきりここにいるのは自分たちだけだと思い込んでいた。

少年が小さく嘆息する。無言のままパーテーションの裏へ回った。

すぐに呆《あき》れたようなため息が聞こえてくる。少年が潜めた声で言った。

「父ちゃん、またＤＶＤ観て泣いてんのかよ。お客さんだよ」

父ちゃん？　目を丸くした彰人は、パーテーションを食い入るように見つめた。そこに少年の父親がいるのだろうか。

「おう、健《たける》。帰ったのか。びっくりさせんなよ、気づかなかったじゃねえか」

低い涙声が言って、ズズッと洟《はな》を啜《すす》る。

「声がでかいって。向こうに聞こえちゃうだろ。ヘッドフォンしてるからだよ。暇があれば同じＤＶＤばっかり観てるんだから。ほら、とりあえず顔を拭けよ。父ちゃん、鼻水出てる」

「え、そう？　悪い、悪い」

ティッシュペーパーをザクザクと引き抜き、チーンと洟をかむ豪快な音がした。

「まったく、何回同じ場面で泣いたら気が済むんだよ」

「だってよお、おかしいだろ？　何でこいつが殺されなきゃいけないんだよ、やっと事件が解決して、結婚も決まってたんだぞ。これからだっていうのにチクショー……ううっ」

「そういう役なんだから仕方ないだろ。同じことを何回も言わすなよ。それよりも、下。いつまでパンツ一丁でいるんだよ。いくら徹夜明けだからって、もう夕方だぞ。えっと、何か穿《は》くもの……本当に、だらしないんだから」

「あー、エンディングがまた泣けてくる。何も知らずに待っている利枝《りえ》が気の毒でよお」

「はいはい、気の毒気の毒。ちゃんと穿いた？　父ちゃん、チャックが開いてる。もう、お客さんが来てるんだからしっかりしろよ。利枝のことはどうでもいいからさ」

「お前、ちょっとクールすぎやしないか……ん、客？」

「そうだよ、お客さん。父ちゃんが名刺を渡したんだろ？　うちを訪ねてきてくれたんだ。だから、早くしろよ。待たせてるんだからさ」

一瞬の沈黙が落ちて、ようやくあたふたと動き回る気配がし始めた。ブラインドカーテンが開けられて、部屋が明るくなる。

「そういうことは早く言え」

「言ったよ。父ちゃんがぐずぐず泣いてるからだろ」

「おい、髪型は大丈夫か？　目は腫《は》れてないか？」

「大丈夫大丈夫」

「真面目に確認しろよ。鏡はどこだ？　みっともない顔をしてるとお客さんに失礼だろ」

「待たせる方が失礼だって」

至極尤《もっと》もなことを小学生の健が口にする。黙ってやりとりを聞いていた彰人も思わず頷いてしまった。

間もなくして、パーテーションの奥から背の高い男が現れる。軽く咳払《せきばら》いをして言った。

「申し訳ありません。お待たせしました」

余所《よそ》行《い》きを装った甘めの低音には酷《ひど》く聞き覚えがあった。

薄々そうではないかと気づいていたものの、実物を前にしてやはり驚く。そこに立っていたのは大方の予想通り、昨夜彰人を助けてくれたあの渋くてかっこいい探偵だったからだ。

職業柄に加えて腕っ節が強く、あまり生活感のない雰囲気から、独身だろうと勝手に推測していた。まさかこんなに大きな子どもがいたとは意外だ。

更に、月明かりの下で出会った昨夜と比べると、今日の彼はどうにも違和感が拭えない。よく似た別人なんじゃないだろうか。そう疑ってしまうほど、印象ががらりと変わって見えた。

端整な顔立ちには変わりないのだけれど、明るい日射しに照らされたそこには無精ひげが浮いており、腫れぼったい目元は先ほどまでわんわん泣いていたので真っ赤だ。豪快にティッシュで洟をかんだせいで鼻の頭も赤くなっている。一生懸命に髪を撫でつけたのだろうが、横と後ろは寝癖で撥ねているし、ワイシャツも皺くちゃ。慌てて穿いたスーツのズボンも皺が寄っていた。

昨日はあれほど頼りがいのある男性に感じられたのに、一日経って改めて対峙《たいじ》すると、何とも言えないしょっぱいものが込み上げてくる。彰人は戸惑った。

とにもかくにも、まずは立ち上がって挨拶を交わす。

「……こちらこそ、突然お邪魔してすみません。DVD鑑賞の最中に」

「いえいえ、とんでもない。今ちょうど仕事の切れ間で手が空いているんですよ。いつも暇を持て余しているわけじゃないですからね、そこのところ誤解しないで下さいね。ああ、どうぞ。おかけになって下さい」

彰人は会釈をして再び腰を下ろす。伏見も腰掛ける。鼻を擦《こす》りながらキョロキョロして、テーブルの上のティッシュボックスを引き寄せた。「失礼」と断り、ティッシュを引き抜いてチーンと洟をかむ。

「すみませんね、お見苦しいところをお見せしてしまって。風邪をひいたかな?」

どう考えてもDVDを観て号泣していた名残《なごり》だろうが、彰人は黙って引き攣った笑いを浮かべた。

伏見が丸めたティッシュをポーンと放り投げて、姿勢を正す。洟をかんだゴミ屑《くず》は綺麗な

放物線を描いて、部屋の隅に置いてあるゴミ箱の中へと吸い込まれていった。

「ところで、今日はどういったご用件でこちらに？　ああ、まだお名前を伺ってませんでしたね。申し訳ない。私が伏見探偵事務所所長の伏見です」

「あの俺、星川です。昨夜、伏見さんに助けていただいたんですけど、覚えていませんか」

訊ねると、伏見がきょとんとしたように彰人を見つめてきた。

「昨夜？　……ああっ！」

思い出したのか、ポンと手を打つ。

「三匹の狼《おおかみ》に襲われそうになっていた子羊ちゃん」

「こ、子羊ちゃん？」

「はいはい、思い出した。そうそう、星川くん。いやあ、昨日は災難だったね。あの後、無事にちゃんと家まで帰れた？」

ソファにもたれかかり、背もたれに両腕を乗せて訊いてくる。幼い子どもを相手にしているような口調が少々気になる。

「はい。おかげさまで無事に帰宅しました。昨日は本当にどうもありがとうございました」

改めて礼を言うと、「粗茶ですが」とお茶を運んできた健が不思議そうに訊ねた。

「父ちゃん、何かしたの？」

「うん？　ああ、偶然通りかかって、ちょっとした人助けをな」

伏見が息子相手に得意そうに胸を張る。「へえ、すごいじゃん」と健が言った。

「本当に伏見さんのおかげで助かりました。それで、これはつまらないものなんですが」

彰人は用意してきた紙袋をテーブルの上に差し出した。

「まさかお子さんがいらっしゃるとは思わなかったんですけど、カステラなのでよかったら健くんと一緒に召し上がって下さい」

「えっ、いいの？」

伏見がソファの背もたれに預けていた体を起こし、身を乗り出して菓子折りを見つめる。

「わざわざこんなことをしてもらわなくてもいいのに。えー、でも悪いねえ。本当にもらっちゃっていいの？」

「はい。気持ちですから。受け取って下さい」

「父ちゃん、これパンダ印のカステラだよ！」

テーブルの脇から袋の中を覗《のぞ》き込んだ健が声を上げた。「何？」と、伏見が振り向く。

「おおっ、本当だ！」

父子揃って目を輝かせた。

「えっと、財布にこれが挟まっていて」

パンダ印のショップカードをテーブルに滑らせると、伏見が「ああ、これ」と瞬《またた》いた。

「そういえば、上着のポケットに入れてたかもな。いつか行こうと思って」

「よかった。もしかしたらこのカード、伏見さんとは無関係だったらどうしようかと思ったんだけど」

ネットで調べて、そこが今話題の人気店だと知った。運良く、午前中の講義が休講になったと友人からメールが回ってきたので、今日は朝からカステラを手に入れるために行列に並んだのだ。

「あそこの店っていつも長い行列ができてるだろ？　しかも結構いい値段がするし。一回だけ頂き物を食べたことがあるんだけど、しっとりしていながらふわふわで、卵の味が濃厚で美味《うま》いんだよ。なあ、健？　もう一度食べてみたくても、なかなか手が出せなくてさ」

「昨日の父ちゃんは電話がつながらないし、ふらふらとどこをほっつき歩いているのかと思ってたけど。人助けってするもんだね」

菓子折りを掲げて崇《あが》める二人の姿を見ながら、彰人は思わず苦笑した。

これだけ喜んでもらえると朝起きして出かけた甲斐《かい》があったというものだ。

「さっそくいただこうか。星川くんも一緒に食べよう。健、皿とフォークを持ってこい」

健がいそいそとキッチンに向かう。

「あ、もう一杯お茶を淹《い》れようか」

「すみません」

茶托《ちゃたく》の上の湯呑みを覗き込んで、伏見が立ち上がった。キッチンから急須を持ってくる。

ニコニコと勢いよく湯呑みに注ごうとした途端、浮き上がった蓋《ふた》が滑り落ちた。注ぎ口を無視して零《こぼ》れたお茶がドボドボと盛大にテーブルを濡《ぬ》らす。

「うわ熱っち」

「だ、大丈夫ですか」

あまりにもわかりやすい失敗に、彰人も半ば唖然《あぜん》としながら咄嗟《とっさ》に振り返って叫んだ。

「健くん、布巾《ふきん》はどこ？」

「これ！」

察しのいい健が振り向き様に布巾を投げて寄越す。飛んできた布巾を受け取って、急いでテーブルを拭いた。

「伏見さん、火傷《やけど》したんじゃないですか？　ここはいいですから、早く流しで手を冷やしてきて下さい」

「お、おう」

「健くん、救急箱ってある？　火傷の薬は？」

「たぶんあると思う。救急セットならそっちの棚に……あ、銀次様」

ソファでくつろいでいたはずの銀次様が、いつの間にか棚の前に移動していた。一番下の段に地図帳と一緒にプラスチックの箱が置いてある。それを前肢で掻《か》き出し、持ち手を銜《くわ》えて戻ってきた。『ほらよ』と言わんばかりに、彰人の足元に置く。

「……ありがとう、銀次様」

返事代わりにもふもふの尻尾を振ってみせ、ぴょんとソファに飛び乗る。もといた位置に落ち着くとやれやれとあくびをして丸くなった。本当に人間の言葉を理解しているみたいだなと思う。――不思議な猫だ。

「ごめんごめん、後始末までさせちゃって」

冷水で手を冷やしてきた伏見が、バツの悪そうな顔で笑った。

「いえ。薬を塗りますから、手を出して下さい」

「――……はい」

おとなしく差し出された手に軟膏《なんこう》を塗る。

「ちょっと赤くなってますけど水ぶくれにはなっていないようだし、大丈夫みたいですね」

「ああ、うん。まあ、こういうのは日常茶飯事だから。それにしても星川くん、随分と手際がいいね」

感心したように言われて、彰人は思わず押し黙った。

「……同居人が、結構こういうミスをするタイプで」

「へえ、同居人がいるのか。まあ、学生さんだもんな。気の合う友達と一緒に住むっていうのも楽しそうだよな。家賃も折半すれば安くなるし」

「……まあ、そうですね。塗り終わりました」

「おっ、ありがとう。ごめんな、星川くん。傷の手当てまでさせちゃってさ。さあさあ、座って。ああ、そうだった。お茶を淹れないと……」

「俺がやりますから、伏見さんは座っていて下さい」

懲りずに急須に手を伸ばそうとする伏見を、彰人は慌てて止めた。

伏見がきょとんとする。

「いやいや、さすがにお客さんにそこまでさせられないって。大丈夫、次はちゃんと気をつけるから。さっきは急須の蓋を信用しすぎたんだよ。押さえてやらないと落っこちてくるなんて修業が足りないよなあ」

呑気《のんき》に笑う彼に少々苛立《いらだ》ちを覚えてしまう。

「そういうもんなんですよ。また火傷したらどうするんですか。危ないですから、俺に任せて下さい」

つい語調がきつくなり、内心しまったと反省する。伏見が気圧《けお》されたように目をパチパチとさせた。

「そ、そうか？　じゃあ、お願いしようかな」

「――…はい」

「ごめんね、星川くん。カステラを二切れ食べていいから」

「いいえ、俺は一切れでいいです。あとは健くんと食べて下さい。それより」

取り上げた急須を両手に持ち、彰人は思い切って告げた。

「実は俺、伏見さんに頼みたいことがあるんです」

「うん？」

伏見が無精ひげの浮いた顔を子どものように横に倒してみせる。彰人はその端整な顔を真っ向から見つめた。

「今日ここを訪ねたのは、もちろん昨日のお礼もあるんですけど、探偵さんに依頼したいことがあったからなんです」

伏見が軽く目を瞠《みは》る。

ひとつ呼吸を挟んで、彰人は再び口を開いた。

「人捜しをお願いしたいんです。俺の同居人を見つけ出してもらえませんか」

■2■

同居人の名前は、秋田誠一《あきたせいいち》。二十四歳。

半年前から同居しているルームメイトだ。共通の知人を通じて知り合った。

高校を卒業後、フリーターで生計を立てていた誠一とは、互いの名前に「アキ」が付くという話題をきっかけに会話が弾み、意気投合して、その後も親しく付き合うようになった。

当時、誠一が住んでいたアパートが賃上げをすることになり、生活費が苦しいと悩んでいた彼を、それならしばらくうちに来ないかと誘ったのは彰人だった。単身用のワンルームマンションだがロフト付き。男二人でも窮屈には感じない間取りだ。とはいえ、大学生の息子のために親が借りてくれた部屋なので、彰人自身も家賃は一銭も払っていない。最初は友人を泊めるような感覚だった。気の合う誠一となら、楽しくやれると思ったのだ。

しかし同居生活も半年を迎えた先日、大学から帰宅した彰人が見たものは信じられない光景だった。

誠一の荷物がすべて消えていたのだ。

しかも、彰人の私物の携帯ゲーム機と銀行で下ろしたばかりの夏休みに貯《た》めたアルバイト代の一部までがなくなっていて、茫然《ぼうぜん》とした。もちろん、誠一本人の姿もなく、一日待っても戻ってこなかった。携帯電話はなぜか解約されていた。

「――五日間、捜し回りました」

彰人は用意してきた彼の写真を見せて、事の経緯を説明した。

「心当たりのある場所は全部行ったし、アルバイト先にも行ったんですけど、実は一ヶ月前に辞めていたらしくて。そんな話、俺は初めて知って」

ここ最近、深夜シフトが多いなとは思っていたが、あれはどこか別の場所に行っていたということだ。全然気づかなかった。

「昨日も、知り合いからあの辺りで彼の姿を見かけたと聞いて、ずっと捜し回っていたんです。でも、結局見つからないし、変な人たちには絡まれるし……」

その流れで伏見と出会ったのだ。助けてもらった上に、このタイミングで出来すぎなくらいお誂《あつら》え向きの彼の職業を知って、これはもう頼るしかないと決心したのである。

「なるほど」

黙って彰人の話を聞いていた伏見が大きく頷いた。

「事情はわかった。その泥棒、もとい消えた同居人を捜し出して欲しいってことだな」

彰人は膝《ひざ》の上で両手を握り締める。泥棒という言葉が胸に突き刺さった。

「はい、お願いします」彰人は頭を下げた。「実は、祖母の形見の指輪もなくなっているんです。俺、お祖母《ばあ》ちゃん子だったから。お祖母ちゃん、俺に大切な人ができたらその人にあげなさいって、自分がお祖父《じい》ちゃんからもらった指輪を俺にくれて。でも、誠一にはその話はしてなかったんです。だから、何かの拍子にそれを見つけて、持ち出したんだとしたら、返してもらいたいんです」

「ふうん、指輪ねえ。高価な物なの？」

「どうだろう。一応、ちゃんとしたケースには入っていたんですけど、俺もそういうの詳しくないし、値段まで訊かなかったし。ただ、お祖母ちゃんにとってはすごく思い入れのあるもので、そんな大切なものを俺にくれたから」

話しながら顔を伏せる。自分の左中指に嵌《は》まっているシンプルなリングが目に入り、咄嗟《とっさ》に右手で覆った。冷たい金属の感触に、僅《わず》かに眉根《まゆね》を寄せる。

「すみません。昨日も殺人事件——…があったみたいだし、伏見さんはそっちの捜査協力とかで忙しいとは思うんですけど、俺一人の力じゃ捜すのにも限界があって」

「殺人事件？」と、口を挟んだのは健だった。伏見の隣でおとなしくカステラを食べていた健が、怪訝《けげん》そうに横を向く。

「父ちゃん、そんなことしてたのかよ」

「いや、俺も初耳なんだけど」

伏見が首を捻った。「というか、それはもう警察の仕事だからね。もちろん、うちに警察から協力依頼があれば全力でお受けするぞ。密室殺人や遺産相続殺人に愛憎渦巻く泥沼復《ふく》讐《しゅう》殺人。どれでもどんとこい。予習ならバッチリだ」

「……ドラマの観すぎだよ、父ちゃん」と、健がため息をつく。

彰人は困惑した。

「え、でも昨日、電話で話してましたよね？」

「電話？」

「はい。聞くつもりはなかったんですけど、伏見さんが話している声がちょっと聞こえちゃって。その――……死体が見つかったって。あと他にも『ターゲット』がどうとか、『餌をばらまけ』とか」

伏見と健が顔を見合わせた。そして、二人揃ってプッと吹き出す。彰人はわけがわからず目を瞬かせた。二人は首を反らし、腹を抱えてゲラゲラと笑っている。さすが親子、コピーしたようにまったく同じ笑い方だった。

「あの……」

「ああ、ごめんごめん」ひとしきり笑った伏見が言った。「星川くんが聞いたっていうそれはさ、猫の話だよ」

「猫？」

「そうそう」と、伏見が目尻にくしゃっと皺を刻んで頷く。健はよほどツボに入ったのか、まだ声を殺して笑い続けていた。

「家出猫の捜索依頼が入っていたんだ。昨日もあちこち捜し回っていたんだが、その猫が見つかったって報告を受けてたんだよ。そいつがネズミの死骸《しがい》を銜えてたってわけ」

「ネズミの、死骸？」

ブフッと健が堪《こら》え切れずに笑い声を漏らした。

彰人はようやく理解した。つまり、『ターゲット』とはその家出猫のことをさし、発見時の猫がネズミの死骸を銜えていたという報告を受けて、昨日の伏見の『何？　死体!?』に繋がるというわけだ。ちなみに『餌をばらまけ』は、一度見つけた捜査対象を見失ってしまったので、文字通り餌をおとりに罠《わな》を仕掛けてみようという意味だったらしい。彰人と別れた後は伏見も現場に駆けつけて、無事捕獲に成功したという。

「――何だ、そうだったんですか」

拍子抜けした。ただ事ではない緊張感が漂っていたので、まさかこんなオチが返ってくるとはこちらも予想外だ。

「星川さんも、漫画の見すぎだよ。警察と協力して事件解決なんて、そんなの現実にはないって」

健がシシッと笑って、彰人を見てきた。小学生からもっともな指摘を受けて、羞恥《しゅうち》にカアッと頬が熱くなる。

「案外、父ちゃんと似た者同士かもね」

「えっ、それはさすがにちょっと」

彰人はかぶりを振って否定した。

「確かに探偵漫画は好きだけど、読みながらあんなに泣いたりしないって」

「まあ、父ちゃんは異常だからね」

「おい、異常ってどういうことだ」

伏見が健を見やる。

「あ、星川さん。お茶、もう一杯淹れようか？　それともコーヒーがいい？　うちはインスタントしかないけど」

「父ちゃんにもコーヒーをくれ」

「はいはい。星川さんもコーヒーでいい？」

「あ、うん。ありがとう」

ニッと笑った健がキッチンに向かう。

「すごくしっかりしたお子さんですね。健くん、今何年生なんですか？」

彰人は感心して、伏見に訊ねた。

「小学四年生。生意気盛りだよ」

そう言いつつも、伏見は嬉《うれ》しそうだ。

「星川くん。同居人捜しの件だけど、俺でよければ引き受けるよ」

「本当ですか！」

「ああ」と伏見が頷く。「ただ、今はちょっと仕事が立て込んでるから、少し時間がかかるかもしれないけど」

「家出猫捜しがもう一件とあとは浮気調査。星川さん、砂糖とミルクはどうする？」

「あ、両方入れて下さい」

「こら、健。依頼内容をペラペラと喋《しゃべ》るんじゃない」

伏見に窘《たしな》められて、健がぺろっと舌を出してみせた。

「家出猫の依頼って多いんですか？」

「まあ、そうだな。猫に限らず行方不明のペットを捜して欲しいって依頼は結構ある」

その時、『うなーん』と鳴き声が聞こえて、銀次様がテーブルの陰から現れた。彰人は思わずビクッとする。ついさっきまでソファの上で丸くなっていたのに、いつの間に移動したのだろう。

銀次様はよいしょと後ろ肢で立ち上がると、テーブルの上に前肢を乗せて口に銜えたそれを差し出してきた。

彰人が受け取る。

「？　猫の写真？」

白と茶のブチ猫。銀次様の友達だろうか。

「……あれ？　この猫……」

彰人が首を捻ったその時、対面から首を伸ばして覗き込んだ伏見が「あ！」と声を上げた。

「お前、これをどこから持ってきた！」

焦った伏見が銀次様を睨《にら》み付ける。手を伸ばして捕まえようとするも、さっと逃げられてしまった。

素早く距離を取った銀次様は振り返り様、『ぶなーん』と嘲笑《ちょうしょう》めいた鳴き声を聞かせる。伏見が顔を引き攣らせた。「このクソ生意気なバカ猫め」と、ソファから立ち上がる。睨み合いが始まった。

「あ、それ。さっき言ってた家出猫だよ」

コーヒーを運んできた健が、写真を指差して言った。

「この猫がそうなんだ？」

彰人はまじまじと写真を見つめた。

「でもこの猫、俺どっかで見たことがあるような……」

「え、星川さん、この猫のこと知ってるの？」

「うん。この額のブチ、三つ葉みたいな模様になってるだろ？　これと同じブチ模様の猫を見た覚えがあるんだよ」

「それは本当か？」

二人の会話を聞きつけた伏見が銀次様と一時休戦して戻ってくる。

「見たのはどこだ?」

「えっと、ちょっと待って下さい。今、思い出しますから」

彰人は懸命に記憶を手繰《たぐ》り寄せる。広い大学の敷地内にはあちこちに猫が入り込んでいるし、マンションの傍《そば》でも何匹か見かけた。その中でも、三つ葉模様の茶のブチ猫は特徴的だったので、印象に残っている。絶対に見たはずだ。どこで見たんだっけ……。

「——…あー、ダメだ。思い出せない」

彰人が項垂《うなだ》れると、息を詰めて見守っていた伏見と健までが「ああーっ」と項垂れた。期待を持たせてしまって申し訳なく思う。

「すみません。もう一度記憶を整理してみます」

「頼む。何とか思い出してくれ」

伏見が彰人の両肩を摑んで言った。

「そいつが見つかったら、すぐにも星川くんの同居人捜しに取り掛かると約束する」

「絶対に思い出してみせます!」

カッと目を見開いた彰人は食い気味に叫んだ。

その後、伏見に浮気調査が入っていたため、話し合いは一旦お開きとなった。

「健、学校からの手紙があったらナオエに渡しとけよ。さっき電話しといたから」

「うん、わかった」

「それじゃ、星川くん。パピヨンのことを頼む。しっかり思い出してくれ」

「はい」

パピヨンとは家出猫の名前である。伏見は時間ギリギリまで彰人に付き合ってくれていたので、挨拶もそこそこに出かけてしまった。

「それじゃ、星川さん。これを書いてもらってもいい？」

二人きりになってすぐ、健が一枚の用紙を渡してきた。

「あ、うん」

彰人はそのまま残り、パピヨンに気を取られて書き忘れていた依頼書に記入する。

時刻は五時を少し回ったところ。

外はすでに薄暗く、民家の明かりが灯《とも》り始める。

彰人が記した依頼書を手馴《てな》れた様子でファイルした健が、キッチンに立ち薬缶《やかん》に湯を沸かし始めた。銀次様はソファでくつろぎ中。その横で彰人は手持ち無沙汰になる。

随分と長居してしまった。

「健くん。俺、そろそろ帰るね」

彰人はソファから腰を上げた。

「ごめんね、長々と。お邪魔しました」

「え、星川さん帰っちゃうの？　パピヨンのことは？　何か思い出した？」

振り向き様、健が畳み掛けるように問いかけてくる。彰人は「うっ」と返事に詰まった。

「いや、ごめん。それはまだちょっと……」

まさか思い出すまで帰らせてもらえないのだろうか。

「えっと、思い出したらすぐに連絡するから、今日は……」

「星川さん、おなかすかない？　今、お湯が沸くけど」

「え？」

唐突に訊かれて、彰人は面食らった。健が戸棚を開けてごそごそとあさりだす。

「何味がいい？　日曜日に父ちゃんと大量に買い込んできたからいろんな種類があるよ」

抱えて持ってきたカップ麺《めん》の数々を、テーブルの上に並べ始めた。

「……今から、これを食べるの？　夕飯が食べられなくなるよ」

「大丈夫だよ。これが夕飯だから」

健があっけらかんと言ってのける。彰人は戸惑った。

「え、これが夕飯なの？　健くん、お母さんは？　お父さんは仕事に出かけたけど、お母さんが帰ってくるんじゃ……」

「うち、父ちゃんと二人暮らしだから。あと銀次様」

予想外の返答にびっくりして、彰人は思わず押し黙ってしまう。

「でもさ、さっき伏見さんが『学校からの手紙があったらナオエに渡しとけよ』って、健くんに言ってただろ？」

それを聞いて、てっきり『ナオエ』という女性が彼の母親なのだと思っていた。

「直衛《なおえ》っていうのは、父ちゃんの友達だよ。そこの【ふきのせ商店街】の中にある八百屋さんの息子。浜田《はまだ》青果店っていうんだ。ナオくんはよくうちに遊びにくるし、たまにうちの仕事も手伝ってくれるから。昨日も一緒に家出猫を捕まえたし」

「そ、そうなの？　ごめん。俺、何も知らずに想像で喋っちゃって」

今の時代、父子家庭や母子家庭は珍しくない。自分が両親の元で育ったからといって、己の常識内で物事を判断してしまったことを後悔する。

「別に気にしなくていいよ」

健が大人びた表情で笑った。

「俺、ずっと父ちゃんと二人だから。母ちゃんは俺を産んですぐに死んじゃったんだって。だから、母ちゃんのことを言われても何も覚えていないんだよね。俺は写真の母ちゃんしか見たことないし」

強がりでも何でもなく、本当に記憶がないのだと健は笑って言った。

「そっか。じゃあ、健くんは夜に一人で留守番することもあるんだ」

「まあね。父ちゃん忙しいし。小学校に入るまでは俺、祖父《じい》ちゃんと祖母《ばあ》ちゃんに預けられてたんだ。父ちゃんが働いてくれないと、俺も学校に行けないしさ。俺、成績優秀だから、父ちゃん張り切ってるんだよ。好きなだけ勉強させてやるからやりたいことをやれって。まだ小学生なのにさ。成績だっていつ落ちるかわからないのに、あんまり無理されても困るよね」

妙に冷静な物言いの裏には父親を慕う息子の気持ちが透けて見えるようだった。この二人はいい親子関係が築けているのだなと、素直に思わせてくれる。とても微笑《ほほえ》ましい。

それにしても、小学四年生の育ち盛りの男の子がカップ麺を主食にしているのは問題だ。

「夕飯はいつもこういうものを食べてるの？」

ズラッとテーブルに並べられたパッケージを眺めて心配になる。

「んー、まあ大体？　ご飯が余ってたら、レトルトのカレーとかハヤシライスとかも食べるよ。時々、父ちゃんが牛丼買ってくるし」

「野菜は？」

「あー、そんなに食べないかも？　でも給食で食べてるし」

ラーメンとやきそばのどちらにしようか悩んでいる健を見て、彰人はうずうずしてくる。

「決めた。今日はやきそばにしよう。星川さんは？　どれにする」

「健くん！」

彰人は健の手を両手で包み込んだ。外装のセロファンを剝がそうとしていた健がぎょっとしたように固まる。

「冷蔵庫を見せてもらってもいいかな？」

「れ、冷蔵庫？」

健がぽかんとする。

「……別にいいけど」

「ありがとう」

にっこり笑うと、彼はそわそわしながら僅かに目を逸《そ》らした。「……こっちだよ」

健が黄ばんだ白い2ドアの冷蔵庫を開ける。上が冷凍、下が冷蔵になっているタイプのもので随分と年季が入っている。

先に冷蔵室を見させてもらった。

「うわっ、結構野菜が入ってるじゃないか」

予想とはまったく違う中身に驚かされた。三段に別れたそれぞれの段に果物や野菜が詰め込んであったからだ。一番下の野菜室には大根が丸々一本入っていた。人参《にんじん》にシイタケ、玉《たま》葱《ねぎ》やカボチャ。リンゴや梨にバナナもある。ドアのポケットにはビール缶が並んでいる他に、マヨネーズやケチャップなどの調味料もいくつかあった。

冷凍室には製氷器の横にアイスクリームとアイスノン。冷凍の枝豆と唐揚げが重ねて詰めてあった。

「これだけしっかり材料が揃ってるのに、カップ麺ばっかり食べてちゃダメだよ」

「野菜はナオくんが定期的に持ってきてくれるんだよ。あと、父ちゃんのお客さんからお礼にって送られてくる物も多い。でも、いっぱいもらっても俺も父ちゃんもどうやって食べていいのかわかんないし」

「え、今までこれだけの野菜をどうしてたの？」

「生で丸かじり」

クールな風貌《ふうぼう》からびっくりするほどワイルドな発言が飛び出して、目が点になった。

「あ、でもマヨネーズとか、ドレッシングもあるよ。味が違うと案外食べられるもんだし。父ちゃんは、タマネギを齧《かじ》って泣いてたけど。あと、もうそろそろ限界だなって思った時は鍋に全部入れて煮たヤツをポン酢で食べるから、無駄にはしてないよ」

「ダメだよ、健くん！」

呑気に笑っていた健がビクッと振り向いた。目をぱちくりとさせる彼の手を彰人はぎゅっと握る。

「え？　な、何？」

「とりあえず、今日の夕飯はカップ麺をやめよう。俺が何か作るから、ここにある野菜を使ってもいい？」

「あ、う、うん。いいけど……」

健が焦ったように頷く。彰人の手に捕まった自分の手を慌てて引き抜いた。

許可を得たので、彰人はさっそく冷蔵室の中から適当な材料を選んで調理台へ運んだ。

自炊は日頃からしている。実家にいる時から祖母の手伝いをしていた。共働きの両親に代わって、彰人の面倒は祖母がみてくれていたのだ。三年前に肺炎が悪化して他界してしまったが、当時両親との間に蟠《わだかま》りを抱えていた彰人の心配を最後までしていた。――辛《つら》いことがあっても、ちゃんとあたたかいご飯を食べなさいよ、アキちゃん。

伏見家のキッチンは最低限の調理道具が揃っていた。棚の奥から賞味期限ギリギリの料理酒やみりんが出てきて、健が一番びっくりしていた。「こんなものがうちにもあったんだ」

一緒にお清めの塩まで出てきたので、どうやら葬儀の籠《かご》分けでもらった物らしい。

まな板の上でリズミカルに包丁を操る彰人を、少し離れたところから健と銀次様が物珍しげな顔で眺めていた。

「できたよ！」

テーブルに料理を盛りつけた皿を並べると、健と銀次様が目を丸くした。

「……凄い」『なうーん』

メインは冷凍唐揚げを使った野菜たっぷりのあんかけ炒飯《チャーハン》だ。副菜にホウレン草とジャコのおひたし、カボチャの煮つけ。リンゴは色が変わらないように塩水に浸し、皮に切り込みを入れて兎《うさぎ》の形にしてみた。

「伏見さんの分も作ってあるから。冷めたら冷蔵庫に入れておくよ。帰ってきておなかが減ってるようだったら、温めて食べて下さいって伝えておいて」

「うん。父ちゃんもびっくりすると思う。冷蔵庫を開けてこんなゴハンが入ってたら、絶対二度見するよ。ね、銀次様」

『うなん』

「銀次様にはこっち。唐揚げの衣を取って、人参やカボチャにシイタケを混ぜてみたんだけど。食べるかな?」

一般的に、猫に人間と同じ食べ物をやるのはよくない。飼った経験はないが、そう聞いたことがあった。でも食べないことはないので、もしやるのなら揚げ物は衣を取る。野菜は茹《ゆ》でてみじん切りにするかすり潰してからやるんだよ――猫好きの秋田の言葉を思い出した。

「銀次様は雑食だから。何でも食べるよ」

『なうらーん』

キランと目を光らせて、銀次様が彰人を見上げる。右前肢でポンポンと床を叩き、『味見してやるからよこしな』とでも言うように、不遜《ふそん》な眼差《まなざ》しを投げて寄越した。

「ずっと思ってたんだけど、銀次様って人間みたいだよな」

「うん。銀次様は賢いよ。父ちゃんが見つけてきたんだけどね」

捜索中の家出猫を、突然現れた銀次様と挟み撃ちにして見事捕獲したのだという。何だかよくわからないが、協力してくれた野良猫に対して妙な仲間意識を覚えた伏見が連れて帰ってきたらしい。それ以来、伏見探偵事務所の相談役に鎮座している。特に猫関係の案件に強く、あちこちの猫の集会に定期的に顔を出し、情報を収集しているのだとか。猫の勘とばかりに、時々鋭い観点から気紛れにヒントを与えてくれる凄いお猫様なのだそうだ。『困った時の銀次様』というのが、伏見家の合言葉らしい。

話を聞けば聞くほど、伏見探偵事務所は彰人が思っていた探偵像とかけ離れていくようだった。

健が行儀よく手を合わせて言った。

「いただきます」

あんかけ炒飯を一口頬張る。ゆっくりと咀嚼《そしゃく》した後、二口目からは掻き込むようにして一心不乱に食べ始めた。

「もっとゆっくり食べなよ。喉《のど》に詰まるぞ」

「これ、すごく美味《おい》しい。星川さん、料理上手だね」

「そんなことないよ。手の込んだ物じゃないし」

彰人も自分の分の炒飯を食べながら、彼の食事風景に圧倒される。気持ちがいいほどの食べっぷりだ。ここまで喜んでもらえると嬉しい。作った甲斐があるというものだ。床では銀次様が夢中で皿に顔を突っ込んでいた。

「カボチャってどうやって食べたらいいのかわからなかったんだよね。皮が硬いし、レンチンしたらちょっとは柔らかくなったけど、そこからどうしていいのかわかんないし」

甘辛く煮たカボチャを美味しそうに頬張る姿を見ながら、彼らの食生活がどれだけ乱れていたのかを察する。

「父ちゃんはメザシばっかり食べてるし」

「ああ、そういえば冷蔵庫に入ってた。メザシが好きなんだ?」

「父ちゃんの好きな探偵ドラマの主人公が話の中でよく食べてるんだよ。メザシをトーストにのっけて食べるの」

「……それって、美味しいの?」

健が即行で首を横に振った。渋い表情から察するに、相当不味《まず》いらしい。

「そうだ、いいもの見せてあげるよ」

腰を上げた健に手招きされる。彰人も立ち上がり、彼の後を追う。パーテーションの奥に連れて行かれた。この部屋にお邪魔した時に伏見が潜んでいた場所だ。

古い革張りのソファが据えてあり、起き抜けのままの毛布が投げてある。台座の上にテレビ。その下にＤＶＤボックス。

「これ、父ちゃんのお気に入り。昔流行《はや》ったんだって。星川さん知ってる？」

問われてまじまじとパッケージを見つめたが、初めて目にするタイトルだった。俳優陣もピンとこない。

「俺もこれはちょっとわかんないや」

「父ちゃん、このドラマに憧《あこが》れて探偵業を始めたんだよ。暇があればずっと同じ話を繰り返し観て、同じところで泣いてんの」

「……へえ、本当に大ファンなんだ」

パーテーションの裏側にはＤＶＤ特典の巨大ポスターが貼ってあってぎょっとする。他にも登場人物のフィギュアや当時のテレビ雑誌まで飾ってあり、相当熱烈なファンのようだ。

漫画に憧れてスポーツを始めたり、テレビドラマの影響で刑事や教師を目指したりするケースはまあまあ耳にするが、探偵事務所を開業した人の話は初めて聞いた。

探偵業は儲《もう》かるのだろうか。つい下世話な考えが浮かんでしまうが、伏見の場合はまったく違うようだった。

ドラマみたいに大きな事件の謎《なぞ》を推理して解決に導き一獲千金を狙《ねら》うなど、現実にあるはずもない。実際の探偵業の仕事は浮気調査がほとんどだ。たまに行方《ゆくえ》調査や信用調査などが入り、ペット捜しは実は本来の探偵の仕事ではないらしい。

「探偵っていうか、便利屋だよね。うちの父ちゃんは人がいいからさ。頼まれたら何でもかんでも引き受けちゃうんだよ。人助けをするのは別にいいんだけど、絶対にお金持ちにはなれないタイプ。あと、すぐ感動して泣くし。あと、妙に熱血なところがちょっと暑苦しい」

「アハハ、暑苦しいんだ？」

健の冷静な父親分析に、思わず笑ってしまった。それだけで伏見という男の人柄がとてもよく伝わってくる。金儲けの前に人助け。熱血漢。情に厚くて、涙もろい。確かに、昨日の彰人も彼のおかげで助かった。自分が危険に巻き込まれないよう見て見ぬフリをする人が大勢いる世の中で、伏見は決してそうはしないのだろう。困っている人がいたら手を差し伸べずにはいられない。

「かっこいいお父さんだよね」

彰人の言葉に、健が一瞬面食らったような顔をしてみせた。

「ん……まあね」

鼻の下を擦った健がへヘッとはにかむように笑った。

■3■

パピヨンの目撃場所を思い出したのは、その翌日のことだった。

大学の講義中、何の前触れもなく唐突に記憶が蘇《よみがえ》ったのだ。

うずうずしながら授業が終わるのを待って、急いで廊下に出た。携帯電話に登録したばかりの伏見の番号を呼び出して電話をかける。

『はい、もしもし？』

「あ、伏見さん？　俺、星川です」

『おう、星川くん。昨日は健が随分と世話になったみたいでありがとうな。そうそう、あんかけ炒飯。すげえ美味かったよ』

「そうですか、よかった」

思わぬ賛辞に頬が弛《ゆる》んだ。ハッと我に返る。

「あの、パピヨンのことなんですけど。目撃した場所を思い出しました」

『何ぃっ！』

伏見の声が引っくり返った。

『どこだ？　教えてくれ』

「はい。えっと……」

彰人は記憶にある場所を伝えた。大学と自宅マンションのちょうど中間辺りにある町民体育館。そこの駐車場でパピヨンらしきブチ猫を見かけたのだ。

たまたま友人にフットサルをするから来ないかと誘われて、その時初めて訪れた場所だった。確か、駐車場の脇の草むらでひなたぼっこをしていた気がする。額の三つ葉形の模様を見つけて面白いなと思った記憶があるので、多分間違いない。

彰人が見かけたのは一週間前だ。

まだ同じ場所にいる可能性は低かったが、周辺をうろついているかもしれない。

『よし、わかった。星川くん、今から出てこられる？』

「はい、大丈夫です。俺も体育館に向かいます」

『助かる。それじゃ、また後で』

電話を切り、彰人は急いで待ち合わせ場所へ向かった。

町民体育館の駐車場口に到着すると、すでに伏見が待っていた。

「おーい、星川くん。こっちこっち」

手を振ってくる。今日はさすがにスーツではなく、ジャケットとジーンズという軽装だ。

こうやって見ると三十五歳という実年齢よりもずっと若く感じられる。とても今年十歳になる子どもがいるとは思えなかった。テレビで見かける俳優たちと並んでもまったく遜色のないルックスをしているので、子どもよりも女性をはべらせている方が似合いそうだ。だが、早くに奥さんと死別しており、健を両親に預けて自分は仕事漬けの毎日だったと聞いている。案外そんな浮いた話とは無縁の人生だったのかもしれないなと、伏見の屈託のない笑顔を見て思った。

「すみません、お待たせして」

「いや、俺もさっき着いたばっかりだよ。こっちこそごめんな。猫捜しにつき合わせたりして。予定は大丈夫だった？」

「平気です。もう授業も終わったんで、暇だし」

彰人が答えると、伏見は軽く目を瞠り「そうか」と目尻にくしゃりと皺を寄せた。

「パピヨンを見かけたのはこの辺？」

「はい。あの草むらで寝そべってたんですよね。変わった模様の猫だなって思ったのを覚えていて。でも、もう一週間前のことだから、さすがに移動してるかも」

「そっか。それじゃ、とりあえずこの敷地内から捜してみるか」

「あの体育館の向こう側にはテニスコートもあるんで、俺、そっちの方を捜してみます」

「おう、わかった。じゃあ、俺はこっちから回ってみるわ」

一旦伏見と別れて、彰人は第一体育館を迂回してテニスコートへ向かう。伏見が第二体育館の裏手へ回るのが見えた。

途中、猫を二匹見かけたが、どちらも茶のブチではなかった。しかしここは猫との遭遇率が高そうだ。休憩用のベンチや自動販売機が置いてある場所の周辺は、草木も多く、また別の猫を目撃する。今度は真っ白。体育館の利用者が餌付《えづ》けでもしているのかもしれない。ぶくぶくと肥えた猫だった。

「銀次様はふてぶてしいけど、動作は機敏だもんな」

『ぶなーん』

聞き覚えのある鳴き声に、彰人はビクッと振り返った。そしてぎょっとする。

「……健くん——と、銀次様？」

なぜかそこに健が銀次様を抱きかかえて立っていたからだ。

「すごい面白い顔してるんだけど、アッキー」

『ぶひゅぅっ』

健がくすくすと笑い、銀次様が盛大に吹き出した。

アッキー？　いまだかつて一度も呼ばれたことのない愛称が聞こえて、彰人は内心首を捻った。聞き違いだろうか。

「健くん、どうしてここに？　学校は？」

「もう終わったよ。帰ったら父ちゃんの置き手紙があって、ここでアッキーとパピヨンを捜してるって書いてあったから。俺たちも助っ人に来たんだ」

「そうなんだ?」

健の口から二度目の『アッキー』が飛び出した。これはもう明らかに彰人のことをさしているのだろう。昨日まで星川さんだったのに、小学生のコミュニケーション能力の高さに圧倒される。

「星川くん、どうだ?」と、伏見の声が聞こえた。

振り向くと、さっきは持っていなかった虫取り網を担いだ伏見がこちらに歩いてくるところだった。彰人は首を横に振る。

「あれ? お前も来たのか。銀次まで連れて」

健を見つけて、伏見が目を丸くした。

「学校はもう終わったのか?」

「うん、もう四時だよ」

腕時計を確認して、伏見が「おっ、本当だ」と驚く。

「俺たちも手伝うよ。人手はあった方がいいだろ」

「そうだな。ただし、銀次は邪魔するなよ」

ポンッともふもふの頭を叩いた瞬間、シャッと銀次様に手を払われた。

「うおっ、イテテっ、このバカ猫、飼い主様を引っ掻くんじゃねえよ」

『……ぶにゃん』

フンと鼻を鳴らしてふいっとそっぽを向いた銀次様が、のそのそと健の腕の中から這《は》い出した。ピョンと華麗に地面に着地し、トテトテと歩き始める。

「待って、銀次様。父ちゃん、俺たちは向こう側を捜すよ」

「おう、この敷地内からは出るなよ」

わかったと健が銀次様を追い駆けていった。

「さて、俺たちはもう一度駐車場に戻ってみるか」

伏見が伸びをして言った。

「この辺りは野良猫が結構いるんだな。あっちでは猫が集会を開いていたぞ」

「こっちにも三匹くらいいたかな。でも茶のブチはまだ見てないんですよね」

ふいに伏見の手が視界に入る。彰人は目を瞬かせた。

「伏見さん、血が出てますよ。そっちの手」

「うん？」

伏見が自分の右手を見る。「ああ、さっき引っ掻かれたからな。まったく、あのバカ猫め。ちっとも俺に懐かねえんだよ。俺が拾ってやったのに、健にばっかり媚《こび》売りやがって」

「ちょっと座ってください。手当てしないと」

「え？　いいって、こんなの。舐《な》めときゃすぐ治る」

「ダメですよ！　俺、消毒薬と絆創膏《ばんそうこう》を持ってますから」

押し黙った伏見を半ば強引にベンチに座らせる。彰人も隣に腰掛けて、鞄《かばん》の中からポーチを取り出した。携帯用の救急セットだ。

「手を貸してください」

「……はい」

伏見が大人しく手を差し出す。手早く消毒して、絆創膏を貼った。

黙って手当てを受けていた伏見が、その時ふっと笑った。

「どうかしました？」

「いや。昨日と同じだなと思ってさ。火傷した手に薬を塗ってもらったから」

そういえばそうだった。

「火傷したところは大丈夫でした？」

「ああ、もうすっかり。今までそんなことがあったのを忘れてたくらいだよ。この辺だったっけ？　ほら、痕《あと》にもなってない」

左手を見せられる。薬を塗ったのは親指と人差し指の付け根の辺りだったが、伏見が言った通り、赤味が引いてもとの肌に戻っていた。かえって、火傷とは関係のない擦《す》り傷やかさぶたの方が目につく。骨張った厚みのある大きな手は、どちらかというと細身の自分のものと比べて、働く大人の男の手という感じがした。

「治ってよかったですね」

「ああ、ありがとうな星川くん」

頭をぽんぽんとされて、彰人は思わず目をぱちくりとさせた。

「——…お、俺は別に。こういうのが放っておけないだけだから」

急いで救急セットを片付ける。無性にむず痒《がゆ》い気分になる。

「それにしても、星川くんは女子力が高いな」

「は？」

「いつもこういうのを持ち歩いてるのか？」

伏見が物珍しそうに携帯ポーチを見ていた。

「ああ、一応。鞄に入れているだけで、何かあった時に便利だし」

「同居人がドン臭いヤツなんだっけ？」

「……っ」

彰人は条件反射のように自分の左手を見た。中指に嵌まった指輪。よく見ると表面に細かい傷が無数に入った安物のそれが、鈍い光を放っている。

「伏見さん、あの」

伏せた目線を上げた。「うん？」と彼も顔を上げる。

「昨日の夜、また知り合いから連絡をもらったんだ。やっぱりあの界隈で誠一のことを見かけたって言ってた。【チェリー・リップ】っていうバー。そこにいたらしいんだけど」

「【チェリー・リップ】？」

伏見が繰り返した。何か考えるような間をあけて、再び口を開く。

「……あの辺は飲み屋街だからな。わかった、そのバーにも行ってみるよ。だから、星川くんは勝手に動くなよ。また、この前みたいにヘンな輩に絡まれたら大変だからな。この件は俺に任せてくれ」

僅かに躊躇《ちゅうちょ》したが彰人は頷いた。

「今調査中の仕事が大詰めを迎えているところだから。併行して進めるよ」

「浮気調査ですか？」

「そう。もう調査は大体終了してるから、あとは細々とした確認と報告書の作成だな」

「それじゃ、今日は夜に出かける仕事はないんですか」

「いや、もうちょっと残ってるかな。あ、同居人の行方調査もちゃんとするからさ、心配しなくても大丈夫」

「それもお願いしたいんですけど」

彰人は短い逡巡《しゅんじゅん》を挟んで、言った。

「健くんがまた一人でお留守番なんだなと思って」

「健？」

「昨日、伏見さんが出かけた後のことなんだけど。健くんがカップ麺を準備し始めて、これ

が夕飯だって言ってたんですよ。さすがにそれはどうなのかなと思って」

「ああ――……うん。そうだよな」

伏見が決まり悪そうに首筋を擦《さす》った。

「それで星川くんがあいつにメシを作ってくれたのか」

「子どもにカップ麺ばかり食べさせるわけにはいかないし。冷蔵庫の物を勝手に使わせてもらってすみませんでした」

「いやいや、謝らなきゃいけないのはこっちの方だ。変な心配をかけちゃったみたいで悪かったな。健がさ、すごく喜んでたんだよ」

何か思い出したのか、伏見が引き締まった頬を弛ませた。

「ゆうべも帰宅が遅かったから、健はもう寝てたんだけど、珍しくテーブルにあいつの手紙が置いてあってさ。冷蔵庫の中にアッキーが作ったメシがあるから温めて食べろ、って書いてあったんだよ。今朝もずっとアッキーの話。包丁捌《さば》きが凄いだの、あの家でみりんと酒を使った料理が食べられる日がくるなんて思わなかっただの。銀次もいいものを食わせてもらったみたいで、揃ってご機嫌だったんだ。星川くんのこと、アッキーだってさ」

ふっとおかしそうに笑う。

「あいつがあんなに他人に懐くのも珍しい。胃袋摑まれちゃったかな。いやでも本当に、昨日の炒飯は美味かったよ。カボチャの煮物やおひたしも。ああいう家庭料理に飢えてる親子だからさ。健のはしゃぎ様もよくわかる。それにしても最近の男子大学生は料理まで出来ちゃうんだなあ」

「……他の男子大学生のことは知らないけど、俺はたまたまそういうのが好きな方だから」

彰人は照れ臭くて視線を僅かに伏せた。

「いいね、料理男子。俺なんて卵焼きもまともに作れない。遠足とか弁当がいる行事でも、どうにか出来合いのものを詰めてやるのが精一杯だな」

そうかと彰人は当たり前のことに気づく。大学生になってまだ二年ほどなのに、学校生活には遠足という行事があったことを忘れていた。その日は給食がないので弁当は必須だ。普段は食に対して頓着《とんちゃく》がなさそうな伏見なのに、健のためにはきちんと弁当を作ってやろうとする姿勢に父親の意地を見た気がした。

「健くん、お父さんの仕事が忙しいのはよくわかっていますよ。考えることも大人顔負けだし。俺も聞いていてびっくりするぐらいしっかりしてるから」

伏見が目を瞬かせた。

「そうなんだよ。まだ九歳なのに、親がこんなだから年の割にしっかりしていてさ。俺の方がついあいつに甘えてしまって」

情けないとため息をつく。

彰人は急にうずうずし始めた。世話焼きの性格が抑えきれず、「あの」と思い切って口を開いた。

「俺、また事務所にお邪魔してもいいですか？」

「え？」

伏見が面食らったように彰人を見つめてくる。

「俺に健くんのゴハンを作らせて下さい」

よその家庭事情に口を出すべきではないとは思ったものの、やはり放っておけない。

「育ち盛りの男の子がカップ麺ばかり食べるのは栄養も偏るしよくないと思うんですよ。冷蔵庫に野菜がまだいっぱいあったし、せっかく八百屋さんが差し入れてくれるのに、もったいないと思いませんか？　もちろん、伏見さんも仕事を終えて帰ってきたら食べられるようにしておきますから。お願いします！」

頭を下げる。ぽかんとした伏見が、ハッと我に返って慌てた。

「いやいや、お願いしますって、そんな真剣に頼まなくても。いつでも来たい時に来ればいいだろ」

彰人は伏せた頭を上げた。

「いいんですか？」

「いいも何も、こっちこそお願いしたいよ」

伏見が参ったなと頭を掻いた。

「さっきも言ったけど、健が凄く喜んでいたんだよ。もし、星川くんさえよければ、また遊びに来て欲しいってこっちからお願いしようかと思ってたところだ」

「そうなんですか？」

驚いた。思わず身を乗り出して訊き返すと、伏見がぎょっとしたように顔を引いた。

「ああ、うん」

パチパチと瞬いて、ふっとおかしそうに目尻を下げる。

「まさか星川くんから言い出してくれるとは思わなかった。実の父親は息子の食事にまで気が回らないのに、星川くんがあいつのことをそこまで考えてくれていたなんて嬉しいよ。ありがとうな。まだ会って二日三日なのに、しかもうちに依頼してくれたお客さんにこんなことを頼むなんて図々《ずうずう》しいとは思うけど」

彰人は首を左右に振って返した。

「これは依頼とは全然関係ないんで。俺がただそうしたかっただけです。健くん、いい子だし。こっちこそ、俺のことを信用してくれてありがとうございます。ほら、物騒な世の中じゃないですか。もちろん、俺は変な下心とかは一切ないんで、そこは信じてもらって大丈夫ですから」

一瞬の沈黙の後、伏見が声を上げて笑った。

「そんな心配はしてないよ。星川くんの人柄が気に入ったから頼んだんだ。健にもだけど、俺にまでこんなによくしてくれるし」

くっくと喉元を鳴らして、右手をひらひら振ってみせる。真新しい絆創膏。彰人も思わず笑みを零した。

目を細めた伏見が絆創膏を貼った手で彰人の頭をぽんぽんと撫でた。何の躊躇いもなく、あまりにも自然に他人の頭を触ってくるのでびっくりする。

「さて、日が暮れるまでもうちょっと捜すか」

伏見が肩を大きく回してベンチから立ち上がる。彰人は茫然と見上げた。「うん？」と見下ろしてくる彼に、慌てて何でもないと首を横に振る。心なしか体温が上がったような気がして俄《にわか》に焦った。

「そういえば」

虫取り網を肩に担いだ伏見が思い出したように言った。

「昨日も思ったけど、ここに指輪をしてるんだな」

自分の左中指を指さして見せる。その瞬間、ぎくりとした彰人は自分の顔が強張るのがわかった。咄嗟に右手でそこを覆う。しかしすぐに過剰に反応してしまったことを後悔した。何か勘付かれただろうか。ドキドキする。不自然に黙り込んでしまった彰人を見て、しまったと思ったのだろう。伏見が「あ、いや」と、慌てて視線を脇に逸らした。

「随分と古い感じの指輪だなと思って。最近の若者の間ではそういうのが流行ってるの？

俺は若者文化に疎いからさ」

わざとらしく笑ってみせる。明らかに気を遣《つか》わせてしまって申し訳なく、彰人も急いで声を繕った。

「ど、どうかな？　俺もこれ、貰い物だから。アンティークっぽくて気に入ったから嵌めてるんだけど」

「おう、そうなのか。アンティークな。うん、いまどき男もアクセサリーは必要だ。オジサンなんて全然そういうのに興味がないからなあ。お洒落《しゃれ》もよくわかんないし」

「伏見さんは、スーツもいいけど、そういう格好も似合ってると思うよ」

「あ、そう？」

伏見がちょっと嬉しそうにチラッとこちらを見てきた。自分のジャケットを指差す。

「実はこれ、健が選んでくれたんだよ。父ちゃんは放っておくと毛玉付きのジャージばっかり着てるって言うからさ。失礼な話だろ？」

「だって本当にジャージばっか着てるじゃん」

「おうっ！」

ビクッと伏見が振り返る。突然割り込んできた声に、彰人もぎょっとした。伏見の長身に隠れるようにして立っていた健が、醒めた目で二人を見てくる。

「父ちゃんもアッキーも何サボってんだよ。俺たち必死にパピヨンを捜してたのに。ねえ、銀次様」

「悪い悪い、ちょっと話し込んでしまって」

伏見が懲りずに健の腕に抱かれた銀次様の頭を撫でようと手を伸ばす。

『にゃぶしゅっ』

銀次様が絶妙なタイミングでくしゃみをかまし、伏見が「ぎゃっ」と悲鳴を上げた。

○○○

町民体育館を中心にパピヨンの捜索を進めて四日が経っていた。

相変わらず猫は多いが、なかなか三つ葉の模様を持ったブチ猫が見つからない。しかし体育館の利用者に聞き込みをすると、目撃情報が出てきた。二人の人物が「見たことがある」と答えたのだ。

「アッキー、今日はどっちに行ってみる?」

健が周辺案内図を眺めながら、訊いてきた。

伏見は別件で出かけている。彰人は大学の講義が終わると健と待ち合わせて、今日もパピヨン捜索を続けていた。中途半端に一人だけ抜けるのは嫌だったので、伏見に頼んで引き続き参加させてもらっているのだ。

この三日間は授業を終えて大学を出た後、彰人は真っ直ぐ町民体育館に向かい伏見と合流。遅れて健と銀次様もやって来て、ひたすらパピヨンを捜す。日が暮れて視界が利《き》かなくなると、別仕事に向かう伏見と別れて健と銀次様と一緒に事務所に戻る。そして二人と一匹で仲良く夕飯。このスケジュールがすっかり身に付いてしまった。

昨日は遅かったようだが、一昨日は珍しく伏見が早めに帰ってきたのだ。初めて三人と一匹での夕食になった。

——アッキーの料理は最高だな！

どういうわけか伏見までが健に倣ってそう呼び出した。今ではもう完全に受け入れ態勢の彰人である。

——父ちゃん、カレイの煮つけなんて食べるのどのくらい振りだっけ？

——どうだったっけ？　基本、うちには魚はメザシしかないからな。それにしても美味いな。いつでも嫁に行けるぞ、アッキー。

——そうだよ。アッキー、うちに嫁に来たら？

——おっ、それいいな。アッキーならいつでもＯＫだぞ。

——それって、ただ家政婦が欲しいだけでしょ。

——いやいや、そんなことないって！

伏見親子のユニゾンが蘇って、彰人は思わず頬を弛ませた。

「うわっ。アッキー、思い出し笑いしてる。何かやらしいこと考えてたんだ」

健の揶揄《からか》う声で、彰人は現実に引き戻された。

「ち、違うよ。そういうのじゃないって」

「えー」健が疑いの目を向けてくる。「怪しいな。ねえ、銀次様？」

『うなーん』

健の腕の中から、銀次様までが『おいおい』と呆れたような目で見てくる。

「違うってば。ほら、パピヨンを捜すよ」

彰人は慌てて促した。健と銀次様がニヤニヤしながらついてくる。

「とりあえず。昨日、目撃情報が取れたところに行ってみよう」

第二体育館の裏、花壇の奥の植え込み。

バレーボールの練習をしていた主婦が、ここでそれらしきブチ猫がねそべっているのを見たと言っていたのだ。

彰人が目撃した日よりも後のことなので、やはりパピヨンはこの敷地内を出入りしている可能性が高い。

しかし、今日の体育館裏には猫一匹いなかった。

「……いないね」

健が呟く。彰人もがっかりしながら頷く。

「昨日はあっちを捜したから、今日は向こうの住宅街にまで範囲を広げてみようか」

「うん。ていうかさ、家出する猫って何を思って家を出たんだろう。銀次様は時々ふらっといなくなるけど、ちゃんとうちに戻ってくるし。戻らないのは理由があるんじゃないの？」

「うーん、でもそれを言ったら元も子もないしなあ。一応、飼い主さんから受けた依頼なんだから、こっちとしてはひたすら飼い猫を捜して、無事に飼い主のもとへ戻してやるのが仕事なわけだし」

「猫も大変だよね」

健が妙に大人びたため息をつく。彰人はわけもわからずぎくりとした。小学四年生の何気ない言葉が、なぜか胸に突き刺さった。家出をする理由……？

その時、『ほにゃーん』と鳴いた銀次様が、彰人の足元を障害物のようにすり抜けてトテトテと歩き出した。

「銀次様、どこに行くんだよ」

一瞬、立ち止まった銀次様がちらっと二人を振り返った。すぐにまた歩き出す。

健と顔を見合わせて、急いで銀次様のあとを追い駆ける。植え込みとフェンスの間を通って、テニスコートまでやってきた。そこから正面とは別の出入り口を抜けて敷地を出てしまう。しばらく往来を歩き、狭い空き地に入っていった。縦に車二台並べたほどのスペース。両脇はブロック塀で、突き当たりは板を無造作に打ち付けた柵《さく》が作ってある。

銀次様はその柵に向かって真っ直ぐ突き進んでいった。二人もあとに続く。

柵は案外と高く、彰人の胸の位置まであった。右側にぽっかりと穴があいている。何かがぶつかったというわけではなく、釘《くぎ》で打ち付けてあった板の一部が剝がれていた。

銀次様は迷いなくその隙間を越えていった。

「え？　そこから出るの？」

彰人が無理だと諦めると、「俺、いけるかも」と健が隙間に首を突っ込んだ。小学四年生の未成熟な体は簡単に腰まで嵌まってしまう。

「ちょっ、抜けなくなったらどうするんだよ」

びっくりする彰人の目の前で、健が身を捩《よじ》りながら平気そうに言った。「大丈夫っぽい」

そこからするするっと這い出すと、柵の向こう側に立った。

「アッキーも早くおいでよ。銀次様が行っちゃう」

「え？　俺はさすがに抜けられない……」

仕方がないので穴のあいた箇所を足場にして柵をよじ登る。地面に着地した時には、すでに健は銀次様を追って先に行っていた。彰人も急いで追い駆ける。

「アッキー！」

健が振り返って手招きしてきた。走って追いつくと、「あれ」と指差してみせる。目線で辿った先、石段の陽だまりの中に茶のブチ猫が寝そべっていた。

額を確認する。三つ葉模様——パピヨンだ！

「アッキー、どうする？」

「俺が捕まえるから、健くんは餌を持って右から回りこんでくれる？」

「わかった」

健が頷く。鞄から取り出したドライフードを一掴み握って、健が歩き出す。パピヨンに近付き、餌を地面に置いた。最初は警戒していたパピヨンだったが、すぐに餌に寄ってきた。

それを見ながら、彰人はそっと左側から回りこんで背後を取る。餌に夢中になっているパピヨンに抜き足差し足で近付き——見事、捕獲に成功した。

健が事務所から持って来たケージにパピヨンを入れて、二人してホッと息をついた。

銀次様を抱き上げて、健が「銀次様様だね」と嬉しそうに言う。彰人も笑いながら、ふと目を瞬かせた。

「健くん。その腕、怪我してない？」

「え？」と健が自分を見下ろす。「あ、本当だ。全然気が付かなかった」

動き回って暑かったのか、腕まくりをした左肘《ひだりひじ》の下の辺りを擦《す》り剝《む》いていた。皮が捲《めく》れて血が出ている。

「さっき、あの隙間をくぐった時に引っ掛けたんじゃない？」

「そうかも。まあでも大丈夫だよ、これくらい」

「ダメだよ！　ばい菌が入ったらどうするんだ。あの柵は古かったから余計に危ないよ。傷口が炎症を起こすかもしれないだろ。ほら、腕を出して」

彰人は鞄の中から救急ポーチを取り出すと、健の腕を半ば強引に引っ張って消毒液を吹きかけた。清潔なコットンで拭き取って絆創膏を貼る。

「はい、できた」

「……アッキーって、意外と心配性だよね」

健が唇を尖《とが》らせて言った。

「え、そうかな？　普通だと思うけど」

「そんなことないって、絶対心配性だよ。うち、父ちゃんがあんな感じだから、これくらいの怪我は昔から無視だもん。男だし、腕白なくらいでちょうどいいって。父ちゃんの方が世のため人のためだとか言って、あちこち走り回ってしょっちゅう怪我してるからさ」

「ああ、伏見さんも手を怪我してるのに、舐めとけば治るって言ってたな。そういうとこは親子そっくり」

彰人が笑うと、ちょっと健が嫌そうな顔をしてみせる。目元を赤らめ唇を尖らせて、照れ臭いのだろう。かわいいなと微笑ましく思う。

「男の子は腕白な方がいいっていうのは、確かにそうかもだけど。健くん、運動神経よさそうだもんな。お父さんに似て顔もいいし。学校ではもてるだろ」

「……別にそんなことないよ」

益々《ますます》顔を赤らめて、健がそっぽを向いた。

「そうだ。父ちゃんに連絡しないと」

「あ、だったら俺がするよ」

彰人は携帯電話を取り出す。履歴の一番上にある伏見の番号に電話をかけた。なかなか繋《つな》がらない。電話に出られない状況なのだろうか。一度切ろうとした時、プツッとコール音が止《や》んだ。

『もしもし?』

「あ、伏見さん?　星川ですけど、今話しても大丈夫ですか?」

『ああ、うん。何かあったのか?』

「ありましたよ。何と、パピヨンを捕まえました」

『何、本当か!』

伏見の声が一気に跳ね上がった。喜んでいる様子が伝わってきて、彰人も思わず笑ってしまう。

「はい、今ケージに入れたところです。これから事務所に戻りますね。伏見さんは?　そっちの仕事はまだ終わらない?」

『いや、ちょうどよかった。アッキーに朗報だ』

回線の向こう側で、伏見が僅かに逡巡するような間をあけて言った。

『――秋田を見つけた』

■4■

伏見に指示された場所に到着する。

繁華街の裏通り。気が急《せ》いて早足で歩いたせいで、すでに息が上がっていた。

五時を過ぎたばかりでまだ早い時間帯だが、ちらほらとサラリーマンの姿が目立ち始めている。

辺りを見回すと、ふいに背後からぽんと肩を叩かれた。

ビクッと振り返る。大仰に体を震わせてしまったせいか、そこに立っていた伏見までもが驚いたように目を丸くした。今日はスーツ姿だ。

「悪い、脅かすつもりはなかったんだけど」

「……いえ。こっちこそ、すみません。何か焦っちゃって」

謝ると、伏見が僅かに目元を和《なご》ませる。ぽんぽんと頭を撫でられた。

「健は家か？」

「はい。銀次様と一緒に」

「パピヨン、見つかってよかった。ありがとうな、お疲れさま」

「いえ」

彰人は首を横に振る。待ちきれずに訊ねた。

「あの、誠一はどこに？」

軽く目を瞠った伏見が、「こっちだ」と踵《きびす》を返した。彰人は黙ってついていく。

鼓動が速まるのがわかる。誠一が自分の前から姿を消して、十日が経っていた。数字だけ見ればたったの十日だが、彰人にはすでに半年は過ぎたような時間の長さだった。特に夜、一人で家にいると余計に不安と孤独が押し寄せてくる。外廊下を誰かが歩くたびに足音に敏感に反応し、何度も外に飛び出しては落胆した。パピヨンが見つかってホッとしたのは彰人も一緒だ。これで伏見の仕事が一つ減り、誠一を捜してもらえる時間が増えると思った。だが、伏見は伏見で約束通り彰人の依頼を進めてくれていたらしい。

「あの店だ」

伏見が顎《あご》で指し示した。目をやった方向には喫茶店があった。

「あそこですか？」

拍子抜けした。何の変哲もない普通の喫茶店。特に捻ったところもない平凡な店名の看板には、湯気の立つコーヒーカップのイラストが描いてある。

「三十分くらい前から、あそこでコーヒーを飲みながら携帯電話を構っている」

伏見の説明に、ホッと胸を撫で下ろしている自分がいた。

「一人なんだ」

「いや、あの店に入る前までは二人だった」

「え？」

「男と二人連れ。年はアッキーと同じ二十歳。体形はもうちょっと小柄な感じだったな。少し吊り上がり気味の猫目をした大学生。ちなみに、秋田は昨日もそいつと一緒だった。田村《たむら》快斗《かいと》っていうんだけど、昨日は田村のアルバイトが終わる八時すぎに落ち合って、近所のスーパーで買い物をした後、田村が一人暮らしをしているアパートに一緒に入っていった。それから終電がなくなっても部屋からは姿を現さず。秋田がたまたまその日泊まったのか、それともすでにそこに住み着いているのかは、まだ確認できていない」

伏見の声が一瞬遠くなったり近くなったりを繰り返し、まるで水の中から話を聞いているようだった。

「ちなみに、二人の出会いは【チェリー・リップ】というバーだ。アッキーが知人から目撃情報を聞いたっていう店だな。場所は、以前アッキーが絡まれていた路地のすぐ近く。秋田は二ヶ月くらい前からよく出入りしていたらしい。現在無職。最近では五日前――やはり田村と一緒だったようだな。もしかしたらあの日、案外近くにいたのかもしれない」

ざあっと全身の血が落ちていく感覚がして、目の前が一瞬暗くなる。

「アッキー？　おい、大丈夫か？」

肩を揺さぶられて、ハッと現実に引き戻された。

「……あ、すみません。ちょっとぼんやりしちゃって」

伏見が心配そうに顔を覗き込んでくる。

「顔色が悪い。今日はもう帰って、仕切り直した方がいいんじゃないか？　秋田のことは俺が引き続き尾行するから。行動範囲は広くないようだし、田村との関係がはっきりすればより絞りやすくなる。田村の方は学生だから一日の行動パターンが把握しやすいし」

「いえ、大丈夫です。すぐそこにいるんだから、逃すわけにはいかないでしょ。ようやく見つけたんだし」

「アッキー、ちょっと落ち着け」

「落ち着いてますよ。心配しなくても大丈夫だから——あっ」

その時、店のドアが開いて中から人影が出てきた。ひょろっと背の高い猫背の男。迷彩やリーフ柄を全体的にあしらったプリントパーカには見覚えがあった。彰人は大きく目を見開く。間違いない、彼だ。

「……誠一！」

急いで追い駆けようとする彰人を、伏見が咄嗟に引き止める。

「おい、だから落ち着けって。そんな切羽詰まった顔をして叫んだら、向こうだって反射的に逃げ出すかもしれないだろ。こんな人込みの中じゃすぐに見失うぞ」

「——っ」

息を呑んだ彰人の肩を、伏見がきつく摑んだ。我に返って瞬く。肩にのった手が、まるで聞き分けのない子どもをあやすようにぽんぽんと叩いてきた。

「行くぞ」

伏見の先導で頷いた彰人も歩き出す。彼のおかげでいくらか冷静さを取り戻した。周囲を見渡すと、確かにここに到着してから約十分程度で一気に人通りが増えた気がする。

青のパーカを見失わないよう、彰人は首を伸ばすようにして歩いた。擦れ違った学生の集団に弾かれて、よろけそうになる。すかさず隣から伏見が支えてくれた。

「すみません」

「気をつけろよ。一点だけを凝視してないで、もう少し視野を広げて歩かないと、自分が転んで対象者を見失ってしまったら元も子もないだろ。騒ぎを起こしたら相手に気づかれる恐れもある。まあ、頭ではわかっていても、実際に尾行するとなると、これがなかなか難しいんだけどな。おっ、曲がるぞ」

誠一が左折した。その瞬間、伏見が走り出す。彰人も置いていかれないように人込みの間をすり抜けて走った。一気に距離を詰めて、誠一の姿が視界に入ると再び歩き始める。

人通りのない路地裏を歩いていた誠一が、急に立ち止まった。伏見に腕を引かれて壁の陰に身を寄せる。どうやら電話がかかってきたようだ。誰かと喋っている。

「ああ、わかった。じゃあ、しばらく時間を潰してるわ」

そう言って電話を切ると、誠一は飲食店の裏口に重ねて置いてあったプラスチック製のビールケースに腰を下ろした。携帯電話をいじり始める。

「どうする？」

伏見が訊ねてきた。

「人を待っているようだし、しばらくあそこから動かないんじゃないか」

「俺、行ってもいいですか」

彰人がそう答えることを伏見はわかっていたのか「俺も同行させてくれ」と言った。僅かに躊躇《ためら》ったが、頷く。

「誠一」

声をかけると、誠一が怪訝そうに顔を上げた。彰人の姿を見て、ぎょっとしたように口を丸く開け広げる。

「……あっ、彰人！」

ガタッとビールケースが動いた。

「お前、何でこんなところに……っ」

「誠一を捜してたんだ。そっちこそ何でこんなところにいるんだよ。何も言わずに急に家から出て行くし、電話も全然繋がらないし。それ、新しいケータイだよね？　いつ買い換えたんだよ。俺、何も聞いてない」

誠一が気まずそうに言った。

「そりゃそうだろ、話してねえし」

彰人は誠一を見据えて問い詰める。「何で?」

「何でって、それくらい察しろよ」

顔を引き攣らせた誠一は、うんざりした様子でため息をついた。

「お前、重いんだよ」

「は?」

「毎日毎日、俺のためだって言いながら恩着せがましくメシ作って、いいって言ってんのにあれこれと口を出してきて身の回りの世話まで焼こうとするし。そういうのホント、ウザいんだよ」

今まで溜《た》まっていた鬱憤《うっぷん》を吐き出すようにして、彰人にぶつけてくる。

「友達と会ってただけで、誰とどこにいるだの、何をしているだのいちいち勘繰って、質問責めにしてくるし、お前に干渉されるのはもううんざりだわ。顔は好みだけどお前の性格は無理。初めて何々をした記念日とかさ、面倒くさくってやってらんねーっての。息が詰まる。正直、いつあの部屋から出て行こうかずっとタイミングを計ってた」

ビールケースを蹴飛《けと》ばしながら立ち上がった誠一を見つめて、彰人は茫然となった。

「……何、言って……だって、指輪……この指輪、くれたじゃないか」

左中指に嵌まっている傷だらけのシルバーリング。二ヶ月前の彰人の誕生日に誠一がプレゼントしてくれた物だった。薬指には大きすぎて、結局中指に収まっている。

「ああ、それか」

しかし、誠一が告げたのは残酷な真実だった。

「友達が部屋の掃除をしていて出てきた物だよ。捨てるっていうからもらったんだ。お前、そういうの好きじゃん？　誕生日にはこれ見よがしにカレンダーに印つけてるし、機嫌を損ねると面倒だし。あの時の俺は住む場所がなかったからさ、お前に追い出されたら困るって思ってたんだよな。けど、やめときゃよかった。その指輪をやってからのお前、新妻気取りでマジでウザすぎ。浮かれて、気前よく金を貸してくれたところだけはよかったけどな」

軽い立ちくらみを覚えた。何もしていないのに動悸《どうき》がして、息が上がる。

誠一が醒《さ》めた顔で彰人を見て言った。

「俺、今他に付き合ってるヤツがいるから」

息が止まったような錯覚を覚える。胸を鋭い刃で貫かれたかと思った。

「お前みたいにうるさくないし、押し付けがましくもない、いい子だよ。お前もさっさと自分にあった相手を見つけろよ。ほら、よく楽しそうに強要してきたじゃん。お前のために時間をかけて食事を作ってやってるんだから、ちゃんとおいしいって褒めろよみたいな？　あの雰囲気に耐えられる男がいたら見てみたいんだけど」

「……っ」

カッと頭に血が上るのが自分でもわかった。反射的に右手を振り上げる。抑えきれない衝動に任せて手のひらを叩きつけようとした次の瞬間、先に誠一の体が吹っ飛んだ。

彰人の手はまだ空中に留《とど》まったままだ。誠一に触れてもいない。

地面に倒れ込んだ彼を殴《なぐ》ったのは、それまで空気のように気配を消していた伏見だった。

「あんな美味いメシを毎日食わせてもらっておいて、何だその言い草は？　お前のために一生懸命になって作ってくれたんだろうが！　お前が言わなきゃいけないのは文句じゃなくて感謝の言葉だ。ウザイじゃなくてありがとうだろうが！」

怒鳴り散らす伏見を、誠一がぽかんと見上げている。彰人も驚いていた。

「……な、何なんだよ、アンタ」

「あと、謝罪もだな」

誠一の声を無視して、伏見がじりっと距離を詰める。誠一がビクッと地面を後退った。

「なな何だよ、誰だよアンタ。関係ねえだろ」

「おい」

怯《おび》える誠一を見下ろして、ふいにその場にしゃがみ込む。「ヒッ」と誠一の引き攣れた声が漏れた。伏見は尻餅《しりもち》をついた誠一とわざと目線の位置を合わせると、声を低めて言った。

「人の家から金を盗むのは犯罪だぞ？　いくらバカでもそれくらいはわかるよな？　散々人

の気持ちを弄《もてあそ》んだあげくに最後は泥棒でドロンか。男の風上にも置けねえ野郎だ」

いきなり相手の胸倉を摑んで、伏見が立ち上がる。誠一が声にならない悲鳴を上げた。誠一はそれなりの身長があるが、縦にばかり長いだけで厚みがない。もっと太った方がいいんじゃないかと彰人も常々心配していたくらいだ。対して伏見は誠一より上背があり、筋肉もしっかりとついている。部屋の中をパンツ一丁で動き回る姿を何度か目撃しているのでよく知っていた。喧嘩の強さなら火を見るより明らか。誠一がどれだけもがいたところで、伏見には敵《かな》わない。

無理やり引き上げられた誠一に、伏見が容赦なく拳を振り上げた。

「もういいよ、伏見さん！」

思わず彰人は叫んだ。

「……本当にいいのか？」

チラッと伏見がこちらを見やる。その仕草で、最初から殴るつもりはなかったことを察した。

「うん、ありがとう」

頷くと、伏見があっさり誠一を手放した。どさっと頽《くずお》れるようにして誠一が地面に尻餅をつく。茫然としている彼の前に立ち、彰人は外した指輪を投げつけた。

「っ！」

誠一がハッとしたように目を瞑《つむ》る。肩に当たった指輪は弾かれて地面に転がった。

「……わかった。そんなに誠一に迷惑がられていたなんて知らなかった。持ち出した金はもういいから。慰謝料にくれてやるよ」

普段はしない投げやりな物言いをあえてすることで、どうにか自分を保つ。何かの拍子に涙が溢《あふ》れてしまいそうで、必死に唇を噛み締めて込み上げてくるものを耐えた。

「じゃ、今付き合ってるヤツとお幸せに」

踵を返す。逃げるようにしてその場を走り去った。

一人になった途端、涙が堰《せき》を切ったように溢れ出した。

人目につかない適当な路地に身を滑り込ませて、蹲《うずくま》る。

コンクリートの壁に挟まれて、嗚咽《おえつ》する声が響き渡る。ふられた自分がみじめで情けなくて、涙が止まらなかった。

「ここにいたのか」

ふいに声が降ってきて、彰人は思わず洟を啜った。

「急に走り出してどこかに行ってしまったから、捜したぞ」

「……っ」

息を切らした伏見が、彰人の隣に腰を下ろした。走って追い駆けてきてくれたのだろう。彰人の洟を啜る音に混じって、間隔の短い息遣いが聞こえてくる。

「……すみませんでした。みっともないところを見せちゃって」

涙声で謝ると、伏見が「別にみっともないとは思わなかったけどな」と言った。

「伏見さんには同居人って言ってたけど、本当は俺、誠一と付き合ってたんです。さっき、フラれましたけど」

ぐすっと嗚咽を漏らしながら、彰人は頭を下げた。

「すみません、俺、ゲイなんです」

「何で謝るんだよ。それは謝ることじゃないだろ」

伏見の静かな言葉に、また涙が溢れ出す。

「俺、そんなに重かったのかな？　初めてちゃんと付き合った相手だったから、嫌われたくなくて、喜んでもらおうと思って頑張ってたつもりだったのに」

誠一に言わせれば、それがもう重たいという意味なのだろう。

「でも最初は、すごく喜んでくれたんですよ。こんな美味しいゴハンを毎日食べられるなんて幸せだって言ってたのに。だから、もっと喜んで欲しくて――…調子に乗って、鬱陶しがられるほど世話を焼きすぎちゃったってことですかね？」

相手に尽くすことが愛だと、思い上がっていたのかもしれない。相手が求める以上の執拗《しつよう》な干渉は、ただ負担になるということだ。だから誠一は彰人のもとから逃げ出した。

家出する猫って何を思って家を出たんだろう――ふいに健の大人びた声が蘇った。戻らないのは理由があるんじゃないの？

あの時、ぎくりとしたのは、まるで自分が責められているような気分になったからだと、今になって気づいた。飼い主と家出猫の関係が、自分たちと重なってみえたのだろう。

「バカみたいだな」

彰人は何も無くなった左手を擦《さす》って、小さく笑った。

「ゴミ同然の指輪を大事に身につけて。ちょっと変だなとは思ったんですよ。くすんでるし、傷もついてるし。でも、誠一が俺のために準備してくれたプレゼントだって考えただけで、本当に嬉しくて、そんなことどうでもよくなった。実際は、ただのご機嫌取りだったんだな、あの指輪。あーホント、バカみたい」

思わず笑いが込み上げてきた。くすくすと笑っていると、ふいに頭に軽い重みがかかる。ぽんぽんと撫でられた。

途端に、止まっていたはずの涙腺《るいせん》が緩む。視界が見る間に水没した。

「……最初に、伏見さんと出会った時、俺、あの通りがそういう場所だって知ってた。誠一が、誰か別の男と一緒にいるんじゃないかって、不安で堪《たま》らなかったんだ。【チェリー・リップ】も、ネットで調べて同性愛者が集まる場所なのはわかってたし、どういう目的で誠一がその店に出入りしていたのかを考えたら、いてもたってもいられなかった」

湊を啜りながら、「あと」と続ける。

「俺が、伏見さんと健くんにゴハンを作ってあげたいって言った気持ちは本心だよ。だけどそれとは別に、自分の部屋に一人でいる時間を少しでも減らしたかったんだ。最初は、いつうちに誠一が戻ってくるかわからなかったから、家を空けるのが嫌だったんだけど、途中からはたぶん、自分でもわかっていたんだと思う。もう、ここには帰ってこないんだろうなって。でも、足音が聞こえるたびにもしかしたらって期待するし、違うとわかると物凄く落ち込んで、どうしていいのかわかんなかったんだ。伏見さんや健くんに『美味しい』って言ってもらえると、少し自信が戻って、誠一もこの味を求めて帰ってくるんじゃないかなって思えた。ごめん、何か二人のことを利用したみたいで……っ」

最後は言葉を詰まらせて、罪悪感に思わず顔を伏せた。

隣で黙って聞いていた伏見が、小さく息をついた。

「理由はどうあれ、アッキーが作ってくれたメシは美味い」

「え？」

顔を上げると、伏見がふっと笑ってみせた。

「俺たちにとっては、それだけで十分尊敬に値する。美味いものを食わせてもらって、感謝しかないよ。そんなに卑屈になるな。世話焼きの何が悪いんだよ。それを欲している親子がここにいるぞ」

おどけたように自分を指差す。呆気に取られる彰人の頭をくしゃくしゃっと掻き混ぜて言った。

「世の中、需要と供給で成り立っているんだ。アッキーの魅力にメロメロになる人間がどこに隠れてるかわからないんだから、アッキーはこれからもそのままのアッキーでいなさい。まだ若いんだから、失恋の一つや二つ、経験しないとつまんないぞ。俺だって昔はボッキボキに心を折られたもんだよ」

「……伏見さんでもフラれることがあるんだ？」

「そりゃあるだろ。よく暑苦しいって言われて逃げられる」

真顔で伏見が答える。一瞬、沈黙が落ちた。彰人は耐《こら》え切れなくなって、プッと吹き出してしまった。

「アハハ、暑苦しいんだ。そういえば、健くんも言ってたかも」

「何？　あいつまで俺のことをそんなふうに言ってるのか」

ムッとする伏見の様子がおかしくて、彰人は笑い続ける。

「あー、おかしかった」

ひとしきり笑って少しすっきりした。

「ありがとう、伏見さん。誠一のことを見つけてくれて。あと、俺の話もちゃんと聞いてくれて」

返事の代わりにぽんぽんと頭を撫でられる。伏見の癖だろうか。健は伏見にこうやってもらいながら育ったんだなと思った。大きな手に撫でてもらうのは、不思議な安心感があった。不安なことは何も無い、大丈夫だと言われている気分になる。

「俺たちみたいなのは相手が限られているからさ。次に恋愛できるのはいつかな」

ぽつりと呟くと、伏見が少し面食らったように瞬いた。

「恋愛はしようと思ってするもんじゃないだろ。気づいたらもう落ちているのが恋だぞ」

「……伏見さんって、案外ロマンチストだよね」

「そうか？」と、伏見が腑《ふ》に落ちない顔をして首を捻る。「まあ、そんなに急がなくてもいいんじゃないか？」

ちらっと横目に彰人を見て笑った。

「そのうち、赤い糸で結ばれた運命の相手が現れるさ」

■5■

パピヨンは無事に保護された。行方を追っていた誠一も見つかった。提示された依頼料は良心的なもので、銀行振り込みだ。手続きをしてしまえばもうこの件は終了。彰人が【伏見探偵事務所】を訪れる名目がなくなってしまう。

健との夕食はすでに生活の一部のようになっていたが、果たしてこの先も続けていいものか。彰人は悩んでいた。図々しくお邪魔し続ければ彼らの迷惑になるかもしれない。

――世話焼きの何が悪いんだよ。それを欲している親子がここにいるぞ。

伏見はああ言ってくれたが、それだって落ち込む彰人を慰める上での優しさだ。鵜呑《うの》みにして調子に乗っては二の舞になる気がする。

昨日の誠一の言葉を受けて、少なからず彰人にも反省する点はあった。自分の都合ばかりを押し付けるのは危険だということ。たとえ相手が小学生の健であっても。

大学の授業が終わって、さてこれからどうしようかなと考えていた時だった。

携帯電話のバイブ音が鳴った。画面を確認して、彰人は「あ」と思わず声を漏らす。急いで操作して耳に押し当てた。

「もしもし、健くん？」

『アッキー?』

健の声が返ってくる。

「うん。どうした? もう学校は終わったの?」

『終わったよ。で、今家に帰ったところなんだけど。父ちゃん、知らない?』

「え?」

『昨日から帰ってないみたいなんだ。ゆうべ一回帰ってきて、パピヨンを飼い主に届けに行ったんだけど、それからまた出かけてさ。朝起きてもいなくて、この時間になってもまだ帰ってないんだよ』

彰人は驚いた。

「昨日、別れた時は何も言ってなかったと思うけど」

伏見とはあれからすぐに別れた。彰人は散々泣いてバツが悪かったし、伏見もこれから事務所に戻ってパピヨンの飼い主に会う約束になっていると言っていたからだ。

「連絡はないの?」

『朝に一度。ちゃんと学校に行けよって。用があってまだ帰れないって言ってたんだけど、さすがにもう夕方だし、電話も繋がらないし。アッキーなら、何か知ってんじゃないかと思ったんだけど』

「ごめん、俺もちょっとよくわからない」

嫌な予感がした。まさか伏見の身に何かあったのではないか。

「とにかく、俺もすぐにそっちへ行くから。健くんは家で待ってて」

一旦電話を切って、彰人は急いで事務所に向かった。

チャイムを鳴らすと、すぐに健がドアを開けてくれた。銀次様も一緒に出迎えてくれる。

「伏見さんからはやっぱりまだ連絡がない？　俺もさっき電話をかけてみたんだけど、電源が入ってないって」

「そうなんだよ。たぶん、充電が切れたんだと思う」

「今は何か新しい依頼が入ってるのかな？」

「うーん、この前の浮気調査はもう報告を終えてるし、パピヨンも見つかったし、アッキーの方も見つかったんだろ？」

「……うん。そっちはもう解決したから」

「だったら、新規の依頼はないと思うんだけど……」

その時、玄関で物音がした。

ハッと健と顔を見合わせる。『ぶにゃん！』真っ先に動いたのは銀次様だった。二人も急いで玄関に走る。

「うおっ、何だ何だ？　全員揃ってお出迎えか」

戻ってきた伏見が驚いたように目をパチパチとさせた。

「父ちゃん！」健が怒ったように叫ぶ。「今まで何やってたんだよ。俺たち心配して――……父ちゃん？」

だが、すぐに異変に気づいて動揺する。「え、どうしたんだよ、その格好」

「伏見さん!? ちょっと、何があったんだよ」

彰人も目を丸くして狼狽えた。

帰宅した伏見はボロボロの姿で立っていたからだ。

昨日と同じスーツの上着を肩に引っ掛けて、ネクタイを外し、シャツは泥まみれでところどころ破けている。ズボンも汚れているし、袖を捲り上げた腕は傷だらけ。顔から首まで擦《す》り傷をたくさん作って、とりわけ左頬の何かに擦《こす》りつけたような傷が目立っていた。斜めに三本の赤い線。皮が捲《めく》れて血が滲んでいる。端整な顔が台無しだ。

よれよれの伏見が爆発したような頭を掻きながら、バツが悪そうに笑った。

「いやあ、参った。ちょっと足を滑らせて木から落ちちゃってさ」

「はあ？」

彰人と健は揃って唖然となる。

「木から落ちたって、伏見さん、一体どこで何をしてたんだよ」

「まさか父ちゃん、酔っ払って木登りしてたとかじゃないよね？」

軽蔑《けいべつ》するような息子の眼差しに、伏見がムッとしたように言った。

「そんなわけないだろ。捜し物をしてたんだよ」

「捜し物？」

彰人が訊き返すと、伏見がおもむろにズボンのポケットから何かを取り出した。それを彰人に差し出してくる。

反射的に両手で受け皿を作ると、伏見が拳を開く。ころんと手のひらに落ちてきたそれを認めて、彰人は一瞬言葉を失った。

「……これ、お祖母ちゃんの指輪」

ハッと顔を上げる。目の合った伏見が目尻に皺を刻んで微笑んだ。

「悪い、ケースは見つからなかった。指輪だけがカラスの巣に引っかかってたんだよ。漫画みたいな本当の話」

「そっか。父ちゃん、それで木に登ったのか」

健が先ほどとは打って変わって、申し訳なさそうな顔をしてみせる。父親を疑ってしまった自分を恥じているようだった。

彰人は手の中の指輪を凝視した。金のリングに赤い石。間違いなく祖母がくれたそれだ。

「伏見さん、誠一に訊いてくれたんだ？」

実は、指輪のことを思い出したのは伏見と別れて電車に乗り、自宅に戻った後のことだった。何とかして指輪を取り戻したい。だが、もう二度と誠一とは会いたくない。どうしたらいいものかと悩んでいたのだ。

「質屋に売るつもりで一度は持ち込んだらしいが、値がつかないと言われたんだそうだ。それで、通りかかった公園に捨てたと言っていたから、その公園を捜してみたんだよ。ケースはもしかしたらもう清掃業者に持っていかれたかもしれないが、指輪は奇跡的にカラスが自分の巣に持ち帰っていた。あいつらは光り物が好きだからな。秋田が捨てた指輪が目に付いて拾ったんだろ」

聞けば、昨日の夜からずっと捜し続けてくれていたそうだ。正午を回り、もう一度公園の端からくまなく捜索していたところ、頭上で何かが光ったらしい。不審に思って見上げると、木の上でこそこそと怪しい動きをするカラスを発見したという話だった。

「カラスがいない隙に、木に登って指輪を取り返したまではよかったんだけどな。タイミング悪く戻ってきたヤツに見つかって——……それからはもう、壮絶な戦いだったぜ」

伏見がやりきった顔で親指を立ててみせた。健に「父ちゃん、すげえ！　やるじゃん」と言われて、益々得意げに胸を張る。

だが、彰人は笑えなかった。

「笑い事じゃないだろ。何やってんだよ、そんな傷だらけになって……」

指輪が戻ってきたことは嬉しかったが、素直に喜べない。

「一歩間違えば、大怪我をしていたかもしれないんだぞ」

きょとんとした伏見が笑って言った。

「心配しなくても、これでも結構鍛えているんだぞ。これくらい大丈夫……」

「大丈夫じゃないだろ！」

思わず彰人は叫んでいた。一瞬、しんと静まり返る。伏見と健がぽかんとして彰人を見てきた。銀次様もびっくりしたのか、ピンと背筋を伸ばして座り直す。

「とにかく、伏見さんは早く上がって、着替えて！」

「お、おう」

「傷の手当てもしないと。健くん、救急箱！」

「う、うん。わかった」

「銀次様は――…ソファに戻ってて」

『うな』

彰人の指示でみんながバタバタと動き出す。

ドロだらけの服の始末を健に任せて、伏見がいそいそとジャージの下だけを穿いて戻ってきた。彰人が待ち構えていたソファに腰を下ろす。

「伏見さん、骨とか大丈夫だよね？　頭は打ってない？」

「ああ、大丈夫。落ちたって言っても、幹にしがみついて滑り落ちた感じだし」

「それでこの顔の傷なのか。ちょっと沁《し》みるかもしれないけど、我慢して」

消毒液を染み込ませたコットンを傷口に押し当てる。伏見がピクッと僅かに動いた。なるべく痛くならないように気をつけながら、そっと拭いていく。

「……ムチャしすぎだよ」

「でも、その指輪はアッキーの大切な物なんだろ？　盗まれたバイト代よりもそっちを取り戻したかったんじゃないのか」

彰人はハッとした。手を止めて、俯く。

「俺、高校の頃に自分の性の対象が男だって親にバレて、それで親子関係がギクシャクしちゃったんだよ。その時に、唯一俺の味方をしてくれたのが祖母だったんだ」

――相手が男だろうと女だろうと、人を好きになることは素敵なことだよ。その気持ちを大事にしなさいね。アキちゃんはアキちゃんなんだから。祖母ちゃんのかわいい孫だよ。それはずうっと変わらない。

そう言って、祖母はこの指輪を彰人にくれたのだ。祖母ちゃんは祖父ちゃんと出会えて幸せだったよ。アキちゃんもいい人とめぐり会えますように。

その一年後に、祖母は祖父の待つ天国へと旅立ってしまった。現在も両親との仲は決していいとは言えない。だが、多感な思春期に過度に自分を追い詰めたりヤケを起こしたりせずに済んだのは、祖母のおかげだった。

「……いい祖母ちゃんだなあ」

グスッと洟を啜る音がして、彰人は我に返る。なぜか伏見が涙ぐんでいた。

「アッキーもいろいろと大変だったんだな。それなら尚更《なおさら》、指輪が見つかってよかった」

目頭を押さえつつ、いつものようにぽんぽんと頭を撫でられる。

彰人は思わず口元を綻ばせた。この人、本当にいい人だな。そんなふうに嬉しく思っていると、感極まった伏見がいきなり彰人の頭を抱き寄せてきた。

裸の肩口にぎゅっと額を押し当てられる。びっくりした心臓がドキッと撥ねた。

「アッキーが幸せになるように、祖母ちゃんも天国から見守ってくれてるさ」

伏見が優しく頭を撫でてくる。

「……っ」

今まで当たり前のように受け入れていたのに、今日に限ってどぎまぎしてしまうのはどうしてだろう。何か、変だ。

「まっ、まだ、消毒が終わってない」

彰人は急いで腕を突っ張って彼から離れた。「おう、そうだった」と伏見が呑気に言う。頬が熱い。赤く染まっていそうな顔を俯けたまま、傷口にコットンを強く押し付けた。「イテッ」と伏見が声を上げる。

「あ、ごめん」

彰人は慌てて手を引っ込めた。「だけど、本当にボロボロだよね」

「うん？　ボロボロじゃないぞ、男の傷は勲章なんだよ。全部に意味がある」

何かカッコイイことを言ったつもりのようだったが、彰人にはよく理解できなかった。

「だろ？」と同意を求められて、困惑した彰人は「う、うん」と、とりあえず頷いてみる。

得意げに伏見がビシッと親指を立ててくるので、思わず吹き出してしまった。

やっぱりこの人、変だ——彰人は声を上げて笑った。変だけど、すごくいい人。人柄のよさが言動の端々に滲み出ている。

昨日だってそうだ。もし彰人一人で誠一と接触していたら、しばらく立ち直れなかったかもしれない。人間不信に陥ってもおかしくなかった。

今日もこうやって笑っていられるのは、伏見のおかげなのだろうと思った。伏見の傍にいると人の温かさを感じる。心がほっとする。

「あっ」

洗濯場から戻ってきた健の声で、現実に引き戻された。

「ごめん、アッキー。鞄を蹴飛ばしちゃった」

振り返ると、床に放り投げていたトートバッグの前で健がしまったという顔をしていた。ファスナーを閉めていなかったのだろう。中身が半分ほど飛び出している。

「いいよいいよ。俺もそんなところに投げてたのが悪いし」

ソファから立ち上がると、鞄を元に戻そうとしゃがみこんだ健が一冊の雑誌を手に取って

じっと見つめていた。

「アッキー、アルバイト探してるの？」

健が見つけたのはアルバイト情報誌だ。

「あ、それは」

彰人は咄嗟に健から雑誌を取り上げる。「何かないかなって、ちょっと見てただけだから」

もしも伏見親子との付き合いがなくなった場合、日常にぽっかりと穴があくような気がしたのだ。それを埋めるために、アルバイトでも探そうかと購入したものだった。夏休み限定の短期バイトを終えた後は何もしていなかったので、時間は有り余っている。

健がじっと彰人を見て言った。

「そっか。アッキーはもう、捜し人が見つかったからうちに来る必要もなくなるんだ」

ズキッと胸が痛んだ。

健がソファでくつろいでいた銀次様を抱き上げて話しかける。

「もうアッキーのゴハンは食べられないんだって。銀次様も気に入ってたのに」

『うなーん』

「父ちゃん、俺たちまた明日からカップ麺族に逆戻りだね」

話を振られた伏見が、「何っ」と険しい表情を浮かべる。

「最近は手作りの美味い食事に舌が慣れちまってたからなあ。また昔みたいに戻れるかな、あのインスタントの味に」

「そうだ、父ちゃん。明日はおた吉スーパーでカップ麺の安売りをしてるよ。今朝の新聞に広告が入ってたから」

「おた吉か。お一人様五つまでかな。よし、明日はカップ麺の買い出しに……」

「ダメだ！」

思わず彰人は二人の会話に割って入っていた。

「カップ麺ばっかり食べてたら栄養が偏って体にもよくないって言っただろ。特に健くんは成長期なんだから。野菜もたくさん食べないと。伏見さんはそのうち腹が出てメタボ街道まっしぐらだぞ」

「え？」と、顔を引き攣らせた伏見が自分の腹筋を押さえた。

「だったら、アッキーが俺たちの食事を管理してよ。俺たちだけじゃ無理だって、アッキーもわかってるくせに」

唇を尖らせた健に言われて、うっと言葉を詰まらせる。

「ね、父ちゃん。うちも結構忙しくなってきて、人手が足りないって言ってたじゃんか。それに、銀次様もアッキーがいるとご機嫌だし。ずっと言わなかったけど、銀次様、父ちゃんの作ったネコマンマがあまり好きじゃないみたいなんだ」

「えっ、そうなの？」

伏見がバッと銀次様を見やる。銀次様がぷいっとそっぽを向いた。

「アッキー、バイト探してるならうちで働けば？」

願ってもない誘いに、彰人は目を丸くした。

「……いいの？」

おずおずと伏見を振り返る。

「貧乏事務所だから、あまり給料は期待しないでくれよ。その代わり、冷蔵庫の中の物は好きに使ってくれて構わないぞ」

「給料のことは、全然構わないよ」

彰人は首を左右に振った。それよりも、今後もこの場所にいられることが嬉しい。

「俺、頑張ります。ありがとう、健くん」

思わず傍にいた健をぎゅっと抱き締める。

ふいうちの抱擁に健が「わっ」と叫んだ。目元を赤らめて「ちょっ、アッキー、くっつきすぎ」と、照れたように喚《わめ》く。押し潰されそうになった銀次様は、危険を察知して健の腕の中からさっさと逃げ出してしまう。

ソファでは伏見が指を銜えて「俺にもありがとうは？」と、ぼやいていた。

■6■

【伏見探偵事務所】所長の伏見雅文は、どんな依頼に対しても親身になって話を聞き、常に誠実に対応する。

本人の野望は、探偵業で一獲千金らしいが、実際の仕事内容はまったくの逆だ。報酬は二の次で全力で困っている人に力を貸す。依頼の中には探偵の仕事とは言えないものも多く、それでも伏見は嫌な顔一つせずに引き受けていた。

金にはならないが、過去に伏見に世話になった人たちからは、時々箱一杯のリンゴや畑でとれた野菜に米などが送られてきていた。

美味そうにリンゴを丸齧りする姿は絵になるけれど、さすがにマヨネーズを片手に生の大根にかぶりつこうとした時は引いた。

「食事のことは俺に任せてください。生の野菜をボリボリ齧るの禁止！」

事務所での彰人の主な仕事は伏見の補佐と、伏見親子と銀次様の食事係だ。

初めてこの事務所を訪れた時に、それまでの彼らがどれだけ乱れた食生活を送っていたかは聞いていた。

更に、食事以外でもいろいろと問題があることが発覚した。

伏見は家事全般が苦手だ。そのせいで、健がしっかりしているのだが、やらなければいけないからやっているだけで、得意というわけではない。ああ見えて、健も父親に似て案外がさつなのだ。

気がつくと、部屋が雑多に散らかっており、洗濯物があちこちに点在している。

「これ、洗ったやつ？　それともこれから洗うやつ？」

「えー、どうだったっけ？　洗ったような洗ってないような」

健が首を捻れば、

「伏見さん、この靴下！　何で脱ぎ捨てて床に投げとくんだよ。洗濯機に入れるだけだろ」

「あー、忘れてた。まだ履けるような、ちょっと難しいような」

伏見は靴下の臭《にお》いを嗅《か》いで考え込んでいる。

そうして結局、見るに見かねた彰人が「仕方ないな」と腰を上げる羽目になるのだ。

最初は、こんなふうにあれこれ他人の生活に口を出すことを躊躇っていた。どうしても誠一に「重い」と言われたことが頭をちらついて、伏見親子にまで鬱陶しがられたらどうしようと不安になり、遠慮していたのだ。

だが、彼ら相手にそんな心配は杞憂だった。

「アッキー、洗濯もしてくれるのか？　助かるよ、どうも洗濯ってのは苦手でさ。気づくと何日も溜め込んじゃってるんだよなあ」

「アッキー、これも一緒に洗って。父ちゃん、アッキーがいるうちに早く洗濯物を全部出しちゃわないと」

「おう、そうだな。洗ってもらおう。アッキーが来てから、何だかこの部屋が明るくなったように感じるよなあ」

「今まで空気が澱《よど》んでたんだよ。アッキーのおかげで、俺たちまともな生活が出来ている気がする。冷蔵庫の中もちゃんと整理整頓してあるし、爪切《つめき》りがなくなったとか騒がなくてもいいし」

「本当に、アッキー様様だよなあ」

「……二人とも大袈裟《おおげさ》なんだよ。普通のことをしてるだけなのにさ」

伏見と健はすっかり彰人を信用してくれていた。自分が彼らに必要とされていることがこの上なく嬉しい。需要と供給。以前、伏見が言った言葉を思い出す。気に入った相手にはとことん尽くしたくなる彰人の性格を伏見親子は歓迎してくれているのだ。うじうじと失恋を引《ひ》き摺《ず》ることなく、更には自然体の彰人を受け入れてくれる最高の居場所を見つけたような気がして、心の隙間が日に日にみっちりと埋まっていくのが自分でもわかった。彰人の性的指向を知っても、何も変わらずに接してくれる伏見には本当に感謝している。万が一、健が自分の性について悩むようなことがあったとしても、伏見なら頭ごなしに否定せずきちんと向き合って話を聞いてくれるに違いなかった。

「アッキー、ありがとう」

「助かったよ、アッキー。いつもありがとうな」

そう言ってもらえるだけで、彰人の心はほっこりと温かくなる。

「どういたしまして」

もっともっと彼らのために、自分にできることなら何でもしてあげたいと思ってしまうのだ。

○○○

探偵事務所に珍しい客がやって来たのは、彰人が正式に働き始めてから二週間が経った頃だった。

「うちのマルを捜して下さい！」

そう言って、大事そうに抱えていたピンクのブタの貯金箱を伏見に差し出したのは、まだランドセルも背負ったことのない幼稚園児だった。

「……マル？」

伏見がきょとんとする。健と銀次様も興味津々に見守り、彰人はぬるめのココアを作って幼稚園男児の前に置いたところだった。

少年は意志の強そうなはっきりとした声で桜木《さくらぎ》怜生《れお》と名乗った。

「マルはうちで飼っている猫です」

「ああ、猫さんか。なるほど、その猫さんがいなくなっちゃったんだな」

怜生がこくりと頷く。すっかりお馴染みになった家出猫の捜索依頼だ。

パピヨン以降にも、ペットの行方を捜して欲しいという依頼客は後を絶たない。そんなに家出しちゃうのかと彰人も話を聞いていて驚くほどだった。

本来なら、こういう依頼は便利屋などに駆け込むものだが、そこは伏見なので問題ない。どうやら彼の友人である『八百屋のナオくん』が、買い物に来た主婦たちの相談を受けて【伏見探偵事務所】を紹介しているようだ。

怜生もナオくんこと、【ふきのせ商店街の王子様】の異名を持つ、浜田直衛が連れてきたのである。

彰人は初対面だったが、いつも伏見家の冷蔵庫の中を野菜や果物で満たしてくれるナオくんには感謝しつつ、日頃からどういう人なのかと興味を持っていた。

「浜田さんもどうぞ」

彰人は少し離れた場所から二人のやり取りを見守っている直衛に、インスタントコーヒーを手渡した。

「おっ、ありがとう。アッキー」

直衛がにっこりと微笑む。自己紹介をするまでもなく、のっけからアッキーが定着していた。伏見や健から彰人の話は聞いているという。

——最近、雅文に美人通い妻が出来たって聞いてさ。健の自慢が止まらないんだよね。銀次様以来だよ。雅文も雅文で、インスタント以外の味噌汁《みそしる》が飲める幸せを語り出すし。

初めて会う気がしないねと、にっこり微笑まれてしまった。王子様というだけあって、昼間なのに彼の周りだけキラキラと星が輝いていた。

伏見と同級生と聞いているので三十五歳。とてもそうとは思えない肌つやと美貌に一瞬見《み》惚《と》れてしまいそうになる。やたらとキラキラしていて眩《まぶ》しいほどだ。王子オーラに圧倒される彰人の横で、伏見が面白くなさそうに「おいアッキー、しっかりしろ。何ぼーっとなってんだよ。騙《だま》されんな」と言っていた。「この胡散臭《うさんくさ》い顔で、商店街のおばさまたちに媚びと野菜を売りさばいてるんだよ、こいつは」

怜生の母親も浜田青果店の野菜王子にメロメロの主婦だという。いつも母親と一緒に商店街へ買い物にやってくるので、直衛とも仲良しなのだ。

その怜生の様子がここ数日おかしい。いつもの元気がない。どうしたのかと直衛が訊ねたところ、愛猫《あいびょう》のマルが出て行ったまま戻ってこないことを話してくれたのだった。

「これ、マルです。パパとママが作りました」

礼儀正しく、怜生が四つ折りにしたそれを伏見に差し出した。手作りのポスター。白猫のマルの顔がよくわかる写真が載せられていて、下には連絡先が書いてあった。家族総出で捜しているが、一週間が経ってもまだ有力な情報は見つからないそうだ。

「よし、わかった。この探偵のオジサンに任せろ！」

「本当！」

「ああ、絶対にマルを見つけてやるからな」

伏見の言葉に、落ち込んでいた怜生の顔にようやくぱあっと明るい笑みが浮かんだ。

怜生を帰した後、さっそく捜索を開始した。

だが、そんなに上手くいくはずもなく、一日、二日と何の成果もなく時間だけが過ぎてゆく。怜生の両親が近所にポスターを配って回っているようで、マルのことを知っている人は多かったが、見かけたという情報はなかった。

日曜の昼間、事務所に三人と直衛が集合し、作戦会議を行う。

地図の拡大コピーを広げて、それまでの捜索範囲と照らし合わせながら、伏見が彰人と健の情報を元に猫の溜まり場を書き込んでいく。直衛が接客をしながら仕入れた情報にそれらしき目撃情報があったので、午後からはその地域を中心に捜そうという話になった。

その時、コンコンと窓が鳴った。ブラインドカーテンが上がった窓を健が開ける。お出かけ中だった銀次様のご帰宅だ。足拭きマットで肉球をぷにぷにと拭いてから、トテトテと中に入ってくる。

「銀次様、お昼ごはん食べるでしょ。ちょっと待っててね」

彰人は立ち上がろうとして、『ぶにゃん』と銀次様に引き止められた。

銀次様がトテトテと歩き、ソファに上がる。「痛てっ、おい爪を立てるなよ」と叫んだ伏見の腿《もも》を足場にして、シュタッとテーブルに飛び移った。そこには今までみんなで囲んでいた地図が広がっている。

大きなそれをじっと銀次様が見つめた。

その場にいた全員が思わず息を呑んで銀次様を見守る。

しばらく地図を眺めていた銀次様が、ふいに左前肢を高く掲げた。

「……っ」

四人の視線がピンクの肉球に集中する。

『にゃおらーん』

銀次様の肢がピタッとある場所を指し示したのだ。

「これ、隣町だぞ。川の向こう側じゃないか」

伏見が考え込む。「橋を渡ってあっちまで行ったのか？」

「この辺りって確か、空き家が多い場所だ」

口元に手を添えて地図を覗き込んでいた直衛が言った。

「よし、ここを中心に捜してみるか」

伏見が立ち上がる。彰人はびっくりした。いくら銀次様でも、猫の気紛れを鵜呑みにしていいのかと疑問が湧《わ》く。普段の伏見なら「邪魔するな」と銀次様と喧嘩になってもよさそうなのに。呆気《あっけ》に取られていると、健がちょんちょんと彰人のパーカを引っ張って言った。

「銀次様のお告げは百発百中なんだよ。たまにしか出ないけど、出た時は素直に従うのがうちのルールなんだ。それで何度も助けてもらったし。父ちゃんもブツブツ言いながら、銀次様のお告げは信じるんだ」

「……そうなんだ？」

くいっと反対側からパーカを引っ張られた。

振り向くと、銀次様が斜《はす》に見上げてくる。『一働きしてやったんだから、美味いメシを食わせてくれよ』とでも言うように、顎でキッチンを指し示してきた。


銀次様のお告げは本当に百発百中だった。

というよりは、実際に彼が自分の肢で歩き回ってマルを発見したのだろう。それを事務所で額を突き合わせながらうんうん唸っている彰人たちに教えてくれたのだ。それでも地図が読めるというだけで、一般猫とは違うただならぬ才能を感じる。銀次様はやはり銀次様だった。

念のため、目撃情報があった場所へ直衛と健が出向き、彰人と伏見は銀次様に同行する。

銀次様の案内でやってきた空き家は、木造の一戸建てで今にも倒れてきそうだった。

この中に住みついているのかと思いきや、銀次様はブロック塀の上を歩いて裏庭に回る。外側から背伸びして覗き込むと、そこに数匹の猫が溜まっていた。

「伏見さん、あの白猫ってマルじゃない？」

彰人が指を指すと、伏見はしばらくポスターの写真と見比べた後、頷いた。

「間違いない、アイツだ」

確認して、裏庭に回り込む。先に彰人が近付いた。溜まっていた集団の一匹が人の気配に気づいて、ビクッとする。動揺が伝染したかのように次々と振り返り、五匹の猫が彰人をじっと睨《にら》みつけてきた。

「アッキー、餌だ」

伏見に言われて、彰人はポケットに忍ばせていた餌をそっと投げた。しかし、飛びついたのは別の猫たち。肝心のマルは警戒心が強く、餌に群がる猫たちと彰人の両方から距離を取ってじっと様子を窺っている。

彰人は恐る恐る一歩近寄った。

その途端、マルが素早く踵を返して走り出す。

「あっ、ヤバイ。逃げる！」

彰人はすかさず追い駆けた。だが手を伸ばした瞬間、するりと身を捩って逃げられてしまう。背後に待ち構えていた伏見が腰を落として戦闘態勢に入ったが、あっさり股《また》の下を抜けられた。

「おうっ、すばしっこいヤツめ。どこ行った？」

「伏見さん、あっち」

意外と広い庭の隅に、コンクリートブロックの上にベニヤ板を敷いた即席の台があった。以前はそこに何かを置いていたのだろう。現在は雨風に晒《さら》されて朽ちている。その上にピョンと飛び乗ったマルが脇の樹木を見上げた。

まずい。木を伝って塀に登られたら、外に逃げられてしまう。

何とかここで捕まえなければ——彰人も必死になる。そこへ、頭上から高みの見物を決め込んでいた銀次様が、マルの行く手を遮るようにシュタッと飛び下りてきた。

マルがビクッと硬直する。

銀次様とマルが睨み合う。

——チャンスだ！

彰人もベニヤ板に足をかける。ギシッと大きく沈んだが、睨みをきかせる銀次様が微動だにしないので、マルだけが行き場をなくしたようにキョロキョロし始める。『えー、この猫、どっちの味方だよ』と嘆いているようにも見えた。

『なぷんっ』

銀次様が威嚇する。マルがビクッと怯えた。敵わないと思ったのか、彰人の方へ引き返してくる。こっちの方がちょろいと考えたに違いない。

「こっちも絶対に通さないからな」

一瞬、睨み合い、次の瞬間で飛び掛かった。マルが彰人の動きを予測して脇に避《よ》ける。『だっぷんっ』とすかさず銀次様が援護してくれて、マルがビクッと立ち止まった。その隙を逃さず、彰人はマルを取り押さえる。暴れるマルを高々と抱き上げた。

「伏見さん、捕まえたよ！」

振り返った途端、体重の乗せ方がまずかったのか、ベニヤ板がブロックから浮き上がる。

「うわっ」

彰人はその場で必死にバランスを保とうと踏ん張った。だが、両手にマルを抱えている状態ではそれも難しい。視界がぐるりと反転し、後ろ向きに倒れ込む。

「――――！」

背中から落ちたが、思ったほどの衝撃はなかった。咄嗟に閉じた目を恐る恐る開ける。

「……大丈夫か？」

いきなり伏見の顔が覗き込んできて、彰人はぎょっとした。

背中を打ちつけたと思ったのは硬い地面ではなく、伏見の長い足の上だった。反射的に体を滑り込ませて彰人を受け止めてくれたのだ。

座り込んだ伏見の膝に寝転び、彰人は茫然と見上げる。腹の上でもがいているマルをぎゅ

っと抱き締める。

「よくマルを離さなかったな。頑張ったぞ、えらいえらい」

破顔した伏見がぽんぽんと頭を撫でてきた。

なぜかその瞬間、胸が急速に高鳴り始める。――まただ。彰人はわけのわからない自分の心の動きに大いに狼狽える。こういうことが最近増えた。ふとした伏見の言葉や仕草に、どういうわけか過剰に反応してしまうのだ。

「よくやったぞ、アッキー」

伏見が仰向《あおむ》けになったまま身動きできない彰人を、マルごとぎゅっと抱き締めてきた。

「――！　ちょ、ちょっと、伏見さんっ……!?」

日頃からスキンシップの多い伏見だ。単なる労《ねぎら》いのハグに、なぜこんなに自分が取り乱しているのかわからない。胸がドキドキして息が苦しい。

「怜生も喜ぶぞ。早く連絡してやらないと」

よいしょと伏見が尻をずらして上半身を起こす。ずるっと体が滑って、彰人の頭は伏見の脚の上に移動した。放心状態の彰人を膝に乗せたまま、伏見が携帯電話を耳に押し当てる。

雲一つない秋晴れの空が眩しい。自分の顔が真っ赤になっている自覚があった。まだ心臓は異常なほど高鳴り続けている。

彰人の激しい動悸に気づいたのか、驚いたようにマルがぶるっと胴震いをする。塀の上に戻った銀次様が『ぶにゃ』と意味深な鳴き声を聞かせて、伏見に膝枕《ひざまくら》をされている彰人を見下ろしてきた。

無事にマルを怜生に引き渡し、両親からも何度も礼を言われた。

「マル！　もー、心配したんだぞ。探偵のおじさん、どうもありがとう！」

愛猫が戻ってきて大喜びの怜生に、伏見が預っていた物を返してやる。ブタの貯金箱だ。

「このお金は大事に持っとけ。無駄遣いするなよ」

怜生の頭を撫でて優しく笑いかける伏見を眺めて、彰人の胸がまたキュンと高鳴る。

結局、タダ働きに終わったが、伏見は満足しているようだった。

「猫も家族の一員だからな。家族が待っている家に帰れてよかった」

大騒動だったマル捜しが無事解決し、その日は久々に伏見も揃っての夕飯になった。

今日は銀次様が主役だ。伏見が惜しみながらも、奮発してちょっと高価なキャットフードを買ってやる。

「アッキーがマルを捕まえたんでしょ？　父ちゃんは何してたんだよ。何かまた傷が増えてるし」

憎まれ口を叩きながらも、健はいつにも増して楽しそうだった。

彰人がアルバイトとして雇ってもらってからというもの、伏見はほとんど家で夕飯を食べていない。仕事が立て込んでいるようで、毎晩帰りも遅いそうだ。

だから、珍しく伏見が家にいて一緒に食卓を囲んでいるのが嬉しいのだろう。

「アッキー、写真を撮ろうよ」

健がデジカメを持ってきて準備し始めた。健の趣味はカメラだ。主な被写体は銀次様。写真集を作るほど撮りためている。彰人も見せてもらったが、銀次様愛が半端なかった。

「父ちゃんとアッキー、もうちょっとくっついて」

「こうか?」

伏見が擦り寄ってくる。ドキッとした。

「うん、そんな感じ。じゃあ、いくよ」

セルフタイマーをセットして、健が銀次様を抱いて彰人の隣に収まる。パシャッとフラッシュが焚《た》かれた。

撮れた写真は彰人の顔だけが心なしか赤く染まっているように見えて、かなり恥ずかしい一枚になってしまった。

■7■

報酬をあまり期待できない依頼に奔走する一方で、確実に収入に繋《つな》がるのが浮気調査だ。

伏見《ふしみ》には弁護士の友人がいるそうで、そこから浮気調査の依頼を回してもらうことも多いという。ペット捜しと同じくらい、依頼の数は後を絶たないのだ。定期的に引き受ければ安定した収入を確保できるが、その代わり、健《たける》と過ごす時間を犠牲にせざるをえなくなる。基本的に浮気調査は男性が対象者の場合、仕事を終えた後に浮気相手と密会するパターンが多いからだ。反対に主婦の場合は旦那《だんな》や子どものいない昼間が行動を起こす時間帯。伏見は独りで張り込みをしながら、人間関係のドロドロした部分を毎日のように目撃している。

だから、健の前ではペット捜しの話はしても、浮気調査については詳しい内容を明かさない。新しい仕事が入った場合にしばらくまた忙しくなることと、かかわっていた案件が無事に片付いたことを報告するくらいだ。健もそれを聞いて、「ふうん、わかった」と相槌《あいづち》を打つ程度。この親子はずっとこんな感じでやってきたのだそうだ。

とはいえ、お互いに助け合って暮らしてきた父と息子なので、親子仲は良好だ。

十一月最初の日曜日。

その日は、伏見が商店街の草野球チームの助っ人として参加することになり、彰人《あきと》は健と銀次《ぎんじ》様と一緒に応援に行った。

商店街の青年団で構成されたチームには直衛《なおえ》も入っていて、応援席からは黄色い声が上がっていた。どこから聞きつけたのか、女子中学生や女子高生もいる。女子大生に社会人。若い奥さんからベテラン奥さんまで幅広い層のファンが野菜王子にキャーキャー言っていた。味方はもう慣れっこなのだろう。平然とプレーに集中している。しかし、敵対チームは応援席が気になるのか酷《ひど》く居心地悪そうにしていて、少々気の毒だった。

「あ、父ちゃんだ」

健の言葉に、彰人もバッターボックスを見つめる。

試合は三対一で現在負けている。先ほどヒットを打って、ノーアウト、ランナー一塁。伏見がバットを構えた。紺色に赤のラインが入ったユニフォームがよく似合っている。こうやって見ると、伏見も直衛に負けず劣らずの男前だと思うのだが、お嬢さん方の視線はベンチの王子に釘付《くぎづ》けだった。熱血で男臭い伏見には涼やかな風とキラキラが足りないのかもしれない。まあ、伏見のウリはそういうところではないのだけれど。

ピッチャーが第一球を投げた。伏見は見逃してストライク。続く二球目。ど真ん中に飛んできた球を豪快に打ち抜く。

「やった！」

思わず健と立ち上がった。白球は大きな放物線を描いてぐんぐんと伸びていく。ホームランだ。伏見がダイヤモンドを一周して、ホームベースを踏んだ。

「すごいな、伏見さん！　これで追いついた、同点だ」

野球にあまり詳しくはないが、伏見のプレーには彰人も大興奮してしまった。健とハイタッチをしてはしゃぐ。

「父ちゃん、かっこいいぞ！」

健が声援を送ると、気づいた伏見が二人に向けて誇らしげに手を振った。彰人と目が合うと、白い歯を見せて嬉《うれ》しそうに笑う。その笑顔がやたらと輝いて見えて、ドキッとした。

「父ちゃん、運動神経はいいからな」

健が言った。

「……うん、そうだよね」

なぜだか胸が異常にドキドキする。ここのところ、やはり自分はどこかおかしい。

「学校の運動会でも、地区対抗の保護者リレーでダントツだったんだ。三位でバトンを受け取ったのに、あっという間に一位になって、そのままゴールテープを切っちゃったんだよ」

「へえ、すごいな」

「生徒より目立ってた。勉強は嫌いだったけど、体育の成績だけは『5』以外取ったことないって、自慢してたし。算数の宿題は全然教えてくれないけどね」

彰人も運動は好きな方だが、さすがに五段階評価の『5』ばかりを取り続けることはできなかった。だが、伏見ならありえそうだ。逆に、数学のテスト前には頭を抱えて唸《うな》っている姿が目に浮かぶようだった。中学や高校時代の彼も、今とそんなに変わらないような気がする。想像するとおかしかった。

試合が終わり、同じユニフォーム姿の男たちが引き上げてくる。最終的には四対五で、伏見たち商店街チームが勝利した。

「伏見さ――…っ」

呼びかけようとして、彰人は思わず声を飲み込んだ。

歩いてくる伏見に先に声をかけた女性がいた。三十前後の綺麗《きれい》な人だ。背中まで伸ばしたさらさらの黒髪が印象的なすらっとした美人。立ち止まり、二人で何やら話し込んでいる。

ふいに胸にチクッと刺すような痛みを覚えた。

「?」

咄嗟《とっさ》に胸元を押さえる。すぐに痛みが治まったかと思うと、今度は無性に苛々《いらいら》し始めた。

視線の先ではまだ二人が談笑している。ムカムカする。いつまで話しているんだ――。

「アッキー、どうかした？」

ハッと瞬時に現実に引き戻された。横を向くと、銀次様を抱きながら怪訝《けげん》そうに彰人を見ている健と目が合った。

「あ、ううん。何でもない」

慌てて首を横に振る。

「そう?」健が小首を傾《かし》げた。「何か怖い顔してたけど」

鋭い指摘に内心焦る。彰人は「そんなことないよ」と引き攣《つ》った笑いを浮かべた。

「おーい、二人とも」

そこへ、ようやく伏見がやってくる。

「父ちゃん、大活躍だったじゃん」

「そうだろ? アッキーもちゃんと目に焼き付けたか、俺の勇姿を」

「勝ってよかったですね」

「うん?」

伏見が首を傾げた。

「どうした、アッキー。ちょっとご機嫌斜めか?」

顔を覗《のぞ》き込むようにして訊《き》かれて、彰人はぎょっとした。いきなり伏見の顔が目の前に現れて、びっくりする。文字通り跳び退《しさ》った。

「ぜ、全然、そんなことないから」

ブンブンとかぶりを振ると、伏見が「そうなのか?」と健を見る。健も不審げに彰人を眺めて首を捻《ひね》っていた。銀次様が縄抜けのようにするりと腕の中から抜け出して、シュタッと地面に着地した。トテトテと歩き出し、健が後を追いかけていく。

「そうそう、アッキー」

伏見が言った。

「悪いけど、この後、健を頼めるか？」

「え？」

彰人は目をぱちくりとさせる。「この後って、今日は何も仕事は入ってないはずだけど。だからみんなでゴハン食べようって」

「それなんだけど、悪い」

伏見が顔の前で右手を立てた。

「この後、ちょっと相談に乗ってくれないかって頼まれたんだよ。打ち上げに行くことになってしまった。そんなに遅くはならないと思うんだけどさ。健と一緒にメシを食って待っていてくれないかな。俺の分はいいから。遅くなるようだったら連絡する」

「……相談って、さっき話していた女の人？」

訊《たず》ねると、伏見が軽く目を瞠《みは》る。

「ああ、見てたのか。そう。何か旦那のことで悩みがあるみたいでさ」

人妻なのか――彰人はホッとした。次の瞬間、はたと我に返り、すぐさま自問する。あれ？

何で今、自分はホッとしたのだろう？

妖《あや》しくざわめく胸に戸惑いつつ、訊ねた。

「旦那さんのことって、もしかして浮気の相談？」

「さあ、まだはっきりとはわからないけどな。まあ、俺の職業を知った上で相談を持ちかけてくるくらいだから」

おそらくそうだろうと、伏見が肩を竦《すく》めてみせた。

「それじゃ、頼むな」

ぽんぽんと彰人の頭を撫《な》でて、伏見は健を呼び寄せる。事情を聞かされた健は「ふうん、わかった」と素っ気無い返事だった。

遠ざかっていく伏見の背中を見送る。先ほどの美人が待っていた。これから打ち上げに向かうチームメイトと合流して歩き出す。彼女の旦那が草野球チームのメンバーにいるのかどうかはわからない。だが、他の人たちとも親しそうに話しているところを見ると、彼女自身も商店街の住人なのかもしれなかった。

途中から、伏見と彼女が肩を並べる。何か喋《しゃべ》り、顔を見合わせて笑っていた。

「……デレデレと鼻の下を伸ばしちゃって」

心の声が、外にまで漏《も》れていたらしい。

「父ちゃんは、もてないわけじゃないんだよね」

ハッと横を見ると、いつの間にか健がそこに立っていた。ついさっきまで携帯電話を構えて草花と戯《たわむ》れる銀次様の写真を撮っていたのに。

「顔はまあまあいいんだけど、でもほら、性格があれだから」

健が残念そうにため息をつく。

「探偵ドラマや刑事ドラマが好きすぎて、女の人相手にも熱く語っちゃうんだよ。で、最後はドン引きされてフラれるのがいつものパターン」

「……あ、やっぱりそうなんだ。何か、想像を裏切らない人だよね」

伏見は、彰人相手にも趣味のドラマについて熱く語るからだ。暇があればＤＶＤ観賞に誘われて、もれなくマニアックな解説がついてくる。隣に彰人がいてもまったく気にせずワンワン泣くので、伏見の号泣ポイントもすべて把握している。おかげでキャストを覚え、テーマソングも歌えてしまうほど、彰人まで詳しくなってしまった。

男相手にならまだわかる。しかし、女性にまでこの熱量で趣味満載のトークを繰り広げているのだろうかと甚《はなは》だ疑問だったのだ。

「あの父ちゃんの話についていけるのはアッキーくらいだよ」

健が同情の目を向けてくる。

「んー、そうかな？」

彰人は思わず苦笑した。確かに最初はなかなか入り込めなくて、正直困惑していたが、一緒にＤＶＤを観ているうちに自分でも思った以上にはまってしまったのだ。今では多少マニアックな話にもついていける。

「父ちゃんもアッキーと喋ってる時は凄《すご》く楽しそうだもん」

「……そうかな？」

「うん」と健が頷《うなず》き、彰人はふわっと心が舞い上がるような気持ちになる。しかし、次の言葉に心臓がひやりとした。

「父ちゃん、今まで何回かお見合いをしてるんだよね」

健が何でもないことのように言った。

「けどさ、父ちゃんのトークが毎回熱すぎて、相手が置いてきぼりになっちゃうんだよ。最初は気を遣って話を選んでるのに、途中から完全に自分の世界に入っちゃってさ。ぽかんとしてる女の人を俺も何人か見たし。それでまあ、断られて終わり」

お見合いの席の様子が簡単に想像できてしまい、彰人はどう言っていいのかわからない。

「だからさ」

健が大人びた息をついた。

「俺のために無理に再婚なんかしなくていいって言ったんだよ。そんなの別に嬉しくないし。父ちゃんがいれば、俺は新しいお母さんはいらないし。それに、アッキーがいてくれるから他に家族はいらないよ」

「――――！」

健気《けなげ》な健を思わず抱き締めてしまった。

「うわっ」と、腕の中から引っくり返った声が上がる。

「健くん」

彰人は込み上げてくる愛《いと》しさを抑えきれず、ぎゅっと体を密着させて言った。

「もしよかったら、俺のことを母ちゃんって呼んでもいいよ」

「はっ？」

「俺、フリフリのエプロンぐらいならいくらでも着けるし。そうだ、プリン作ろうか？」

「……何でプリン？　勘弁してよ。アッキーまで父ちゃんの暑苦しさが伝染《うつ》ってない？」

子どもとはいえ全力で胸元を押し返されると、さすがに少々苦しい。「もう、離してってば」とドンと胸を突かれて、彰人はうっと呻《うめ》いた。

照れ隠しではなく本気で嫌がられていることに気づき、咄嗟にパッと手を離す。

「ご、ごめん。鬱陶《うっとう》しかったよな？」

おろおろして、すぐさま謝った。

「……別に」

健が息を弾ませて、バツが悪そうに視線を逸《そ》らす。必死に抵抗したせいか、子どもらしい丸みのある頬《ほお》が上気していた。

「鬱陶しいとかじゃないけど、こういうのは父ちゃんで慣れてるし。でも、父ちゃんはノリでグワッてくるんだけど、アッキーのは何ていうか、優しくぎゅって感じだから……」

ぼそぼそっと言って、気恥ずかしげに唇を尖《とが》らせた。焦ったように、傍《そば》でのんびり夕焼けを眺めていた銀次様を抱き上げる。

「アッキーのフリフリエプロンは正直あまり見たくないけど、プリンなら食べてもいいよ。な、銀次様」

『なうーん』

「わかった。じゃあ、今度プリンを作るよ。大きいバケツみたいなのがいい？」

「ううん、普通のがいい」

きっぱりと言って、健は銀次様を抱き締める。

ふと、二日前の夕食時の会話を思い出した。その日も電話がかかってくる寸前まで、伏見と三人で食卓を囲んでいたのだ。

——悪い、仕事の呼び出しだ。ちょっと出かけてくる。

申し訳なさそうに謝る伏見を、健は「仕方ないよ、仕事なんだから。父ちゃん、早く行きなよ」と、聞き分けのいいことを言って送り出していた。

しかしその後で、ぽつりとこんなことを呟《つぶや》いたのだ。

——いるとうるさいけど、いないと急に静かになるよね。

彰人が事務所を訪ねるまで、健はずっと一人で留守番する日々を送っていたことを思い出した。何でもないように振る舞っていても、本音はやはり寂しかったに違いない。しっかりしているといっても、まだ小学四年生なのだ。もっと大人に甘えていい年頃《としごろ》だ。

伏見と一緒に夕食を食べた日の嬉しそうな健の顔が脳裏に蘇《よみがえ》った。

自分のために頑張って働いている父親の姿を知っている彼は、我慢していることもたくさんあるのだろう。

「健くん、手をつなごうか」

「は？」

ぎょっとしたように健が振り返った。

「や、嫌だよ。恥ずかしい」

「誰も見てないって。ほら、もうみんな帰っちゃったし」

彰人は手を差し出す。だが、健は何か得体の知れないものを見るような目で彰人を凝視してくる。

「やっぱり今日のアッキー、何か変だよ。そんなにつなぎたいなら、銀次様を抱かせてやるからさ」

ぎゅうぎゅうと銀次様を彰人に押し付けてきた。『ほなーら』と銀次様が嫌そうに鳴く。

彰人はがっかりとする。銀次様を受け取って、ぎゅっと抱き締めた。『ぶなーら』と銀次様が唸る。また健に拒絶されてしまった。

「……言っとくけど、別にアッキーのことを鬱陶しいとか思ってないから」

顔を上げると、健が照れたようにちらっとこちらを見て言った。

「アッキーってさ、そういうのをいちいち気にするよな。途中までぐいぐい来るくせに、急に遠慮しだすし」

ぎくりとした。健は彰人と誠一との間にどんなやり取りがあったのか知らない。知っているのは伏見だけだ。彰人が伏見親子との距離の取り方に関してつい慎重になってしまうのは、ただただ嫌われたくないからだった。

動揺して押し黙る彰人の傍に歩み寄り、健が心外だとでも言うような口調で告げてきた。

「あのさ。俺も父ちゃんも、アッキーのことをそんなふうに思ってないから。変に気にしなくていいよ」

「——健くん！」

感極まって、銀次様ごと健を抱き締める。嬉しすぎて感謝の言葉が見つからない。

ぎゅっと力をこめた腕の中で、「うわっ」『ぶにゃん』と悲鳴が上がった。


夕食を終えて、頼まれた書類の整理をしていると、玄関で物音がした。

明日の時間割りを揃《そろ》えていた健がハッと振り返る。彰人と視線を交わす。伏見の帰宅だ。

「ただいま」

間もなくして、伏見が現れた。

「おかえりなさい」

「おかえり、父ちゃん」

『なーん』

「おうっ、銀次いたのか。急に出てくるなよ、踏んじまうぞ。健、まだ起きてたのか」

「まだって、今九時過ぎだよ」

健が呆《あき》れたように言う。

「寝る子は育つっていうだろ。夜更かしすると俺みたいにでかくなれねえぞ」

伏見が笑って、健の頭をくしゃくしゃと混ぜた。

「アッキーも、今日はお疲れさまだったな。せっかくの休みなのに、午前中は掃除させちゃったし、昼からは野球の応援にまで来てくれてありがとうな」

健にそうしたように、彰人の頭もくしゃくしゃとする。ふわっと体温が上がるのが自分でもわかった。

伏見の上着からは微《かす》かに煙草《たばこ》の匂《にお》いがした。他にも肉の脂の匂いと酒の匂い。打ち上げは焼肉店だったはずだ。伏見は煙草を吸わないので、誰かの匂いが移ったのだろう。

「……相談の方は大丈夫だったの?」

声を潜めて訊ねると、軽く目を瞠った伏見が「今日のところはな」と、疲れたように肩を竦めてみせた。「もし、正式に動くことになったら、アッキーにもまた相談する。話を聞いた限りだとクロっぽいけどな。酒が入って泣き出すから、宥《なだ》めるのに大変だったよ」

「そっか。伏見さんもお疲れさま」

伏見が少し面食らったように瞬《またた》いた。ふっと柔らかく目尻《めじり》に皺を刻んで、彰人の頭をぽんぽんと撫でてくる。先ほどとは違う優しく包み込むような手つきにふいに心臓が高鳴った。

「そ、それじゃ、俺はそろそろ帰るね」

彰人は書類を挟んだファイルを急いで棚に戻すと、上着を羽織った。

「ああ、そうだな。悪かったな、遅くまで」

「ううん。俺も草野球の応援、楽しかったし。伏見さんのホームランが見れてよかったよ」

「だろ？」伏見が得意げに胸を張る。「今日は二人が応援に来てくれたから、いつも以上に張り切ったんだぞ。健の声援もバッチリ聞こえたからな。『父ちゃん、カッコイイ！　みんな見てくれ、あれが俺の自慢の父ちゃんだぞ！』ってヤツ」

「……そんなこと言ってないし」

健が醒《さ》めた目で父親を見る。二人のやりとりがおかしくて、彰人は笑ってしまった。

「それじゃ、また明日。三時には来れると思うから」

「おう。そこまで送ってくよ。健、ちょっと留守番していてくれ。見送ってくるから」

「うん、わかった。いってらっしゃい」

「え、いいよ。俺はここで」

彰人は断ろうとしたが、「まあまあ」と伏見に押しやられるようにして玄関を出た。

「せっかく、健くんが起きてるのに」

思わず責めるような口調になってしまった。親子水入らずで団欒《だんらん》できる貴重な時間だ。いつもは大抵、伏見が帰宅する頃にはすでに健は寝ていると聞いているので、余計にこの時間を無駄にしてほしくなかった。

「うん？」と、伏見が不思議そうに首を捻った。

「健が何だって？　何か、迷惑をかけたか」

「まさか」

彰人はかぶりを振った。「健くんは凄くいい子だよ。とても九歳とは思えないくらいしっかりしてて、お父さん思いだし、俺にも気を遣ってくれるし。だけどその分、子どもらしく甘えられてないいんじゃないかなって……」

第三者が口出しすべきことではないのかもしれない。それこそただのお節介だ。新妻気取りでマジでウザすぎ——誠一《せいいち》の言葉が呪《のろ》いのように蘇ってくる。彰人は伏見たちの家族ではないのだ。その手の干渉は煩《わずら》わしいだけだと煙たがられる可能性は十分にあった。

——仕方ないよ、仕事なんだから。父ちゃん、早く行きなよ。

だが、健の寂しいのに寂しいと素直に言えない健気な顔が脳裏をちらつくと、居ても立ってもいられなくなる。

——いるとうるさいけど、いないと急に静かになるよね。

「伏見さん」

彰人はおもむろに立ち止まった。一歩先へ進んだ伏見が「え？」と振り返る。

「もう少し、健くんと一緒に過ごす時間を作れないかな」

伏見がきょとんとしたように瞬いた。彰人は思い切って口を開く。

「もちろん、忙しいのはわかるよ。こういう仕事なんだから、どうしても活動時間にばらつきはあるだろうし、決まった時間に家にいることは難しいと思う。だけど、週に一度くらいは健くんと一緒にゴハンを食べられないかな？　俺にできることなら何でもするし、尾行とかもさ、見張りくらいなら俺でも代われると思うんだ。二人で手分けした方が早く済むような仕事だったら、遠慮なく俺を使ってくれて構わないから。午前中とか昼間でも、案外俺は動けたりするよ。何なら、土日にめいっぱい働いてもいいからさ。食事ぐらいゆっくりできるように、仕事を調節できないかな。健くんも、口では聞き分けのいいことを言って伏見さんの負担にならないように我慢してるけど、本当は寂しいんだと思う」

一息に言って、彰人は唇を嚙《か》み締めた。伏見が驚いたような顔をしている。

沈黙が落ちた。お節介でうるさいヤツだと思われただろうか。他人にあれこれ言われて気分を害したかもしれない。親の脛《すね》を齧《かじ》っている呑気《のんき》な学生の分際で、わかったような口を利《き》くな。そう怒鳴られたら、彰人は何も言い返せない。自分は家庭を持ったことも、働きながら子どもを育てたことも、親としての責任を負ったこともないからだ。

「……ごめん。勝手なことを言った。伏見さんの気持ちも考えないで」

彰人はしゅんと項垂《うなだ》れた。すぐさま後悔の念に襲われる。これでは健の思いまで自分が台無しにしてしまったのではないか。余計なことを口走ったばかりに。

「いや」

ところが、伏見からは意外な言葉が返ってきた。

「そうだよな。ずっと健には寂しい思いをさせてきたんだよな。あいつは俺よりもしっかりしてるし、我儘《わがまま》らしいことは一切言わないから、つい甘えてしまっていた。まだ九歳なんだよな。本当なら、俺があいつを甘やかしてやらなきゃいけないのに」

伏見がふいに頭上を見上げた。星の少ない夜空を眺めて、静かに息をつく。

「アッキーに言ってもらわなかったら、またずるずると健の優しさに甘えるところだった。ダメな父ちゃんだな」

「そんなことないよ！」

彰人は懸命に首を左右に振った。

「それは絶対にない。伏見さんは健くんにとって自慢のお父さんなんだから。ダメだなんて自分で言わないでよ。俺はそういうつもりで言ったんじゃない。ただ、二人とも頑張りすぎだから、俺にできることがあったら何でも言って欲しいと思っただけなんだ。俺は、伏見さんの助手なんだから。それに、仕事をしている時の伏見さんはかっこいいよ。健くんもそういう伏見さんを見て育ったから、頑張って欲しいって応援しているんだし」

そこでハッと我に返り、慌てて口を噤《つぐ》んだ。また一方的に自分の意見を押し付けてしまった。気まずさに唇を噛み締めて、顔を伏せる。

「両親に勧められて、今までに何度か見合いをしたことがあったんだ」

伏見が唐突にそんな話をし始めた。

「再婚を視野に入れて相手に会うんだけど、悉《ことごと》く失敗してさ。まあ、自分でぶち壊して自滅したようなもんだったんだけど。でもさすがにこれじゃダメだと反省して、次こそは――って気合いを入れて臨んだことがあったんだよ」

過去の見合い話の云々《うんぬん》は健からも少し聞いていた。だが、その続きがあったとは初耳だ。伏見はそれまでの自分を猛省し、とにかく会話の脱線を避けるため、自らの趣味の話題を一切封印したという。相手の女性の気分を損ねないように頑張ったそうだ。

「そうしたら、健に怒られたんだよ」

「え?」

「相手の女性と別れた途端、仏頂面になってさ。『いつもの父ちゃんじゃない』って、怒鳴られた」

伏見が当時を思い出すように目を細めた。

――父ちゃんが本気で結婚したいならすればいいよ。けど、俺のためだっていうなら、そんな結婚はする必要ない。

今よりも幼い健が、伏見を睨《にら》みつけてきっぱりとそう言ったのだそうだ。

――猫をかぶるなよ、父ちゃん。本当の父ちゃんを好きになってくれる人じゃなきゃ、結婚しても意味ないだろ。今日の父ちゃん、今までで一番格好悪かったぞ。

「それを聞いた瞬間、ガツンと殴《なぐ》られた気分だった。仕事をしている父ちゃんが好きだって言ってくれてさ。凄く嬉しかった。それからは健のために、かっこいい親父《おやじ》の背中を見せてやろうと思ってがむしゃらに働いてきたつもりだったけど、あいつに寂しい思いをさせてたら本末転倒だよな」

伏見が俯《うつむ》いた。ため息を零《こぼ》す。奥さんと死別した後、伏見は生まれたばかりの健を実家に預けると、単身アパートを借りて会社勤めを続けていたそうだ。週刊誌の雑誌記者で、職種は違うが当時から張り込みは日常茶飯事だったという。当然、家に帰れない日も多く、健とは週に一度、顔を見に実家に帰るのが精一杯という状態だったらしい。会社での寝泊まりが続くことも少なくなかったそうだ。

決心したのは健が小学校に上がる頃。それまで務めていた出版社を辞めて、かねてから考えていた探偵事務所を開き、二人暮らしを始めたという話だった。

「まだ健が保育園に通っていた当時、ちょっとした人助けをして俺が警察から感謝状をもらったことがあったんだ。その時、健が目をキラキラさせて『父ちゃん、かっこいい！』って言ってくれてさ。保育園でも表彰されている俺の絵を描いて、先生や周りの子たちに自慢していたらしい。あれは嬉しかったな」

伏見が思い出し笑いをしてみせた。

「健が胸を張って自慢できるような、かっこいい父ちゃんになりたいよなあ」

「伏見さんは、十分かっこいいよ」

ぽろっと言葉が口をついて出た。

「え？」

伏見がきょとんとした顔で彰人を見やる。途端に、カアッと顔が熱くなるのが自分でもわかった。

「あ、いや、今のは、健くんも言ってたことだし。暑苦しいけど、かっこいい父ちゃんだって」

「……やっぱり暑苦しいのかよ」

伏見ががっくりと項垂れる。

「いや、えっと、暑苦しいっていうのは、健くんなりの愛情表現だから、その……」

あたふたしていると、俯いていた伏見が突然プッと吹き出した。くつくつとおかしそうに喉《のど》を鳴らしながら、赤面する彰人を上目遣いに見てくる。

「いいヤツだな、彰人は」

ぽんぽんと頭を撫でられた。伏見は何でもないことのように言ったが、彰人は咄嗟に自分の耳を疑う。――今、彰人って呼ばれた……？

いつもの愛称ではない。確かに伏見は彰人の名前を呼んだ。

鼓動が一気に加速して、体温が跳ね上がる。何で急に呼び方を変えたのだろう？

「ありがとうな」

伏見が言った。

「そこまで一生懸命になって俺たちのことを考えてくれた人は初めてだよ。これからは、なるべく一緒に食事をとるようにする。今までより少し割り振る仕事が増えるかもしれないけど、協力してくれるか。それにしても、俺も健も彰人には感謝しっぱなしだな」

また、彰人と呼んだ。落ち着いた低めのよく通る声が、甘く鼓膜を震わせる。ざわっと胸が妖しく騒ぐ。

「彰人と出会えたことは、俺たちにとっての宝だ。いい出会いが転がってたもんだな。それを引き当てた俺は、相当運がいい」

伏見がふっと優しく笑う。

心臓がどうにかなってしまうんじゃないかと思うほど、ドキドキした。

8

十一月も中旬を過ぎると、ぐっと冷え込む日が増えた。

寒い日はみんなで温かい鍋を囲むに限る。今日はシンプルな水炊きだ。

「……どうしたんだよ、父ちゃん」

健がほかほかの湯気越しに不審な眼差《まなざ》しを向けて言った。

「最近、やけに家にいることが多くない？　仕事しなくていいのかよ」

「失礼なヤツだな」

伏見が心外だとばかりに唇を尖らせる。

「サボってるみたいに言うな。心配しなくてもちゃんと仕事はしてるぞ」

「だって、いつもならこの時間は出かけてるだろ？　今週なんて、三日も家でゴハン食べてるじゃん。おかしいよ」

「父ちゃんがうちでメシ食って何が悪いんだよ。ここは俺んちだぞ。何だよ、お前だけ彰人のメシを独り占めか？　ケチだなあ」

「そ、そんなんじゃないよ」

健が焦ったように白菜を掻《か》き込んでむせた。

「わっ」彰人は急いで布巾《ふきん》を取る。「健くん、大丈夫？　そんなに急いで食べなくても。もっとゆっくり食べろよ。あっ、ちょっとそのまま。服にポン酢が付いてる」

「……ごめん、アッキー」

バツが悪そうに目元を朱に染めている健の胸元を拭いてやる。その様子を眺めながら、伏見がくつくつと笑いを噛み殺していた。

伏見は先日の彰人との約束をきちんと守っている。たまたま今は仕事が途切れた時期でもあったが、なるべく家で食卓を囲むという決まりをさっそく実行していた。だがその頻度はあまりに極端すぎて、かえって健に怪しまれるほどだ。

それでもやはり、父親が家にいて嬉しいのだろう。クールな健も憎まれ口を叩《たた》きながらも楽しそうな雰囲気が伝わってくる。

鍋をつつきながら、伏見がふと思いついたように言った。

「よし、今夜は一緒に風呂に入るか」

「えっ、嫌だよ」

健がぎょっとしたように即答する。伏見が子どものようにむくれた。

「何でだよ。つれないな」

「何で一緒に入らなきゃいけないんだよ。ただでさえ狭いのに、父ちゃんが入ったら俺が入る隙間《すきま》がなくなるじゃん」

「そんなのどうとでもなるだろ。わかった、俺が抱っこしてやろう」

「やめろよ、気持ち悪い」

健が嫌そうに顔を歪《ゆが》めた。伏見がしゅんとする。「気持ち悪いって言うなよ」

「まあまあ、健くんももう四年生だし。毎日一人で入ってるんだから、急にお父さんとっていうのもな」

彰人は苦笑する。健も「そうだよ」と唇を尖らせる。その子どもじみた仕草は、いい大人の伏見もよくしてみせるのだが、親子揃ってそっくりだった。

「だったら、銭湯に行くっていうのはどうだ」

また伏見が唐突に言い出した。

「銭湯？」

「そうだよ」伏見が頷く。「銭湯なら広いし、一緒に入れるだろ？　よし、そうしよう。メシを食ったらみんなで銭湯に行くぞ」

「えー、寒いじゃん」と、健が面倒くさがった。

「寒くない。たまにはいいだろ。広い風呂に入ってのんびりしようぜ」

あまり乗り気ではない健の脇腹《わきばら》を、彰人はテーブルの下でこっそりつついた。健がちらっとこちらを見る。目が合い、彰人が何を言いたがっているのか察したのだろう。仕方ないなあと、小さくため息をついた。一足先に食事を終えてソファで丸くなっていた銀次様をしきりに撫でている。急に構ってくる父親は照れ臭いのだと、戸惑いがちの横顔が言っていた。

彰人はそんな健が微笑《ほほえ》ましくて仕方ない。

せっかく伏見が誘っているのだ。親子水入らずで裸の付き合いをしてくればいい。

鍋が綺麗に空になり、後片付けを済ませると彰人はさっさと上着を羽織った。

「それじゃあ、俺はこれで帰るね」

「え、何で？」

伏見と健が同時に振り返った。

「何でって、これから銭湯に行くんだろ？」

「そうだよ。だからアッキーも一緒に」

「――えっ、俺も？」

彰人は目をぱちくりとさせた。思わず伏見を見やる。彼も健と同様、「当たり前だろう」

という顔をしていた。

「アッキー、何一人で逃げようとしてるんだよ」

小声で言った健が彰人の腕を摑《つか》む。「絶対に帰さないからな」

「いや、でも。俺、何も用意してないし」

「パンツならあるぞ。ちょうど買い置きがあるから、それを使えばいい。サイズはちょっと
でかいかもしれないけど、まあ大丈夫だろ。何なら俺のかわいいクマちゃんのパンツを貸し

てやろうか」

「アッキーにそれはダメだって、父ちゃん。汚いだろ」

すかさず健が返し、伏見がまたしゅんとした。「汚いって言うなよ。洗ってあるよ」

「タオルはここにあるの好きに使って。いつもアッキーが洗ってくれてるヤツ」

「健、石鹸《せっけん》はどこだ？　前に銭湯に行った時に持って行っただろ」

「石鹸ならそこの戸棚の引き出しにしまってあるよ。銀次様はちょっとお留守番しててね」

『なうーん』

トテトテと歩み寄ってきた銀次様が、茫然と立ち尽くしている彰人の足を尻尾《しっぽ》ではたいてきた。ハッと見下ろすと銀次様が斜《はす》に見上げてくる。『何ぼーっとしてんだよ。銭湯ぐらいチャッチャと行ってこいよ』とでも言いたげな視線を投げて、ソファへ引き返していった。


実は彰人は生まれてこの方、銭湯に行ったことがない。

初体験だ。

「アッキー、こっちこっち」

きょろきょろと挙動不審になる彰人を、健が手招きする。料金は伏見が一緒に払ってくれた。最近人気のスーパー銭湯ではない、町の小さなお風呂屋さん。昔ながらのシステムで、番台には中年のおばさんが座っている。テレビで見たことのある風景そのもので、ちょっと興奮してしまった。

時刻は八時を回ったところだ。還暦を過ぎた年輩客が多かったが、親子連れもいる。彰人とそう変わらない二十歳前後の男性が一人、素っ裸で横を通り過ぎていった。思わずぎょっとする。

ぶつぶつ文句を言っていた健も、すでに上半身裸だ。慣れた様子でロッカーに脱いだ服をポンポン放り込んでいる。

彰人は戸惑ってしまう。

「どうした?」

ビクッと振り返ると、伏見が不思議そうな顔をして立っていた。

「あ、ううん。何でもない」

慌てて首を横に振る。伏見が隣のロッカーを開けて、荷物を入れる。

「アッキー、まだ脱いでないのかよ」

そう言う健はもう全裸だ。「父ちゃん、先に行ってるよ」

「おう。ほら、彰人も早く脱げ。置いていくぞ」

振り向いた瞬間、伏見が腕を交差させてアンダーシャツを首から引き抜いた。

「――!」

彰人は咄嗟に顔を伏せた。まだ一滴も湯に触れていないのに、体がカッカと火照《ほて》りだす。チラッと見てしまった伏見の引き締まった肉体が脳裏に焼きついて離れない。

あまりにも無防備すぎる――。彰人は早くものぼせそうだった。この人、俺がゲイだってことを忘れているんじゃないか？

もちろん、男なら誰でもいいわけじゃない。先ほど通りかかった同年代の男性も、びっくりしたが特別な興奮を覚えることはなかった。しかし、伏見はダメだ。

以前に一度、傷の手当てをした時に見ているはずなのに、今日はまるで別人の裸体を見ているかのようにかつてないほど心臓が高鳴っている。完全に伏見の裸を意識しているのが自分でもわかった。

痩身《そうしん》の誠一とはまるで違う筋肉質な肉体。脳裏をちらつく残像を振り払うように頭を振った。落ち着けと心の中で自分に言い聞かせながら、シャツのボタンを外す。隣は見ないように気をつけて、急いで身につけている衣服を取り払った。幸い、股間《こかん》に変化はない。ホッと胸を撫で下ろした。

脱いだ下着をロッカーに入れる。手が滑って、下着が床に落ちた。

「彰人、落ちたぞ」

「あっ、それ俺の」

手を伸ばしたのは同時だった。下着を摑もうとした指先が触れ合う。彰人は目を瞠った。

全裸の伏見がそこにいて、やはり驚いたような顔をして彰人を見ている。

「うあっ」

反射的に手を引いた。伏見もビクッと体を硬直させる。

「——…あ、わ、悪い」

それ以外どう言っていいのかわからないといったふうに、伏見が狼狽《うろた》えた。お互いおろおろしつつ、また目が合う。彰人は半ばパニックだ。視線を僅かに下げた途端、割れた腹筋が目に入って彰人は慌てて顔を逸らした。伏見も困ったようにさっと目線を外す。

「……これ、ちゃんとロッカーに入れておけよ」

伏見が彰人の下着を拾って渡してきた。慌てて受け取る。

「先に行ってるぞ。健が待ってるから」

いつもの調子でそう言って、彰人の脇を通って浴場へ入っていく。

伏見の気配が消えて、彰人は詰めていた息を吐き出した。立っていただけなのに、すでに百メートルを全力疾走した後のような脈拍数だ。

「……ヤバイ。もう帰りたい」

だがここまで来て本当に帰るわけにはいかない。

彰人は熱っぽいため息を零した。

ほどよく厚みがあり、惚《ほ》れ惚《ぼ》れするほど引き締まった男の体が網膜をじりじりと焦がし続けている。股間を見る前に目を逸らして本当によかったと思う。

おそらく伏見は、十五も年下の彰人にとって自分は完全に恋愛対象外なのだと思い込んでいる。元恋人の誠一とは真逆のタイプだし、自分は彰人の好みのタイプではないと油断しているのだろう。だからあんなにも無防備なのだ。

実際は、こんな邪な目で見られていることを知ったら、さすがの伏見も引いてしまうに違いなかった。彰人自身、驚いているのだ。まさかそこまで自分が伏見を意識していたとは。今初めて気づいた。酷く動揺している。

彰人は拷問を受けるような気分で、伏見親子が待つ浴場へ向かった。

洗い場に健の姿はなかった。

あまりにも彰人がぐずぐずしているので、もう体を洗い終わり今は湯船に浸《つ》かっている。同じ学校のクラスメイトが来ているらしく、その子と楽しげに話していた。

健が抜けてしまったので、彰人は伏見と並んで体を洗う。

「彰人、石鹸」

「あ、うん。ありがとう」

一言喋るだけでもぎこちない。普通にしていないと変に思われてしまう。隣は絶対に見ないようにして、素早く頭と体を洗った。

ようやく湯船に浸かるが、ここでも隣に伏見が座っている。

頼みの健は友達と水風呂に浸かってキャッキャとはしゃいでおり、これでは何のために銭湯に来たのかわからなかった。早くものぼせそうだ。

ようやく健が戻ってきた。

「アッキー、色白だよね。美白ケアとかしてんの？」

彰人と伏見の間に健が入ってきて気まずい緊張が少し弛《ゆる》んだ。

「そんなのするわけないだろ。言うほど白くないって」

「えー、白いよ。お肌すべすべ。な、父ちゃん」

「ん？　ああ……うん、そうだな」

「父ちゃんは、暑苦しい色だよね」

「おい、どういう色だよ」

伏見が湯を弾いて健の顔にかけた。「何するんだよ」と、健も反撃する。バシャバシャと楽しそうな二人を横目に、彰人はもう限界だと立ち上がった。

「ごめん、ちょっとのぼせそうだから先に出てる。ゆっくりしてきて」

早々に湯船から上がって、浴場を出る。脱衣所の冷たい空気が心地よかった。

銭湯がこんな恐ろしい場所だとは知らなかった。くらくらと眩暈《めまい》までしてくる。

体を拭いて、急いで着替えた。新品の下着はボクサータイプだったが、サイズが少し大きい。色はシンプルなグレー。伏見の趣味だと思うと、尻の辺りがもぞもぞした。見てはいけないと意識して視線を外していたのに、ちらっと視界に入ってしまった伏見の股間。長軀《ちょうく》に見合う立派なものだった気がする。ぞくっと背筋が戦慄《わなな》き、咄嗟に下肢に力を入れた。甘い疼《うず》きをやり過す。

脇に据えてあるベンチに腰掛けて待っていると、「大丈夫か？」と伏見がやってきた。

「伏見さん、もう上がったの？」

すでにジャージを着ていて、彰人は内心ホッとする。少々後ろめたさを覚えつつ、横に避《よ》けた。濡《ぬ》れた髪をガシガシと拭いていた伏見が隣に腰を下ろす。

「健くんは？」

「あそこ」と、伏見が指さした。健は着替えながら友達と喋っていた。楽しそうだ。

「健くんが学校の友達と一緒にいるところを初めて見た気がする」

小学生らしい彼の一面を見ることができて、嬉しく思う。

「もうすぐ十歳か。早いもんだな」

伏見がしみじみと言った。

「ちょっと前までこんなにちっちゃかったのに。でかくなったよなあ」

「伏見さんが背が高いし、健くんも大きくなるんじゃない？」

「見た目だけでかくなってもなあ。心がでかくないと」

それなら大丈夫なんじゃないかなと、彰人は笑いながら思った。伏見の背中を見て育って

いるのだ。健だっていい男に成長するに違いない。

「たまにはこういうのもいいもんだな。久々に健と一緒に風呂に入ったよ」

伏見は嬉しそうだ。

「健も色気づいてきて、俺と二人きりだと誘っても嫌がられそうだし。彰人がいるとあいつは素直だな。あと二年もすれば中学生か。反抗期とかくるのかな。暴れだしたらどうしよ」

「そんな心配しなくても。伏見さんはどうだったの？」

「……俺はイイコだったよ」

疑わしい答えが返ってくる。

「健も銀次も、俺より彰人の言うことを聞くからなあ」

「銀次様には俺も結構バカにされてるけどね」

「俺よりいいだろ。今朝なんか、俺の顔の上にケツを乗っけて寝てたんだぞ」

苦虫を嚙み潰《つぶ》したような顔をしてみせるので、彰人は思わず笑ってしまった。

「まあ、子どもが親と一緒にいてくれる時間なんて短いもんだからな。改めてこういう時間を大切にしなきゃいけないと思ったよ。彰人にはいろいろと迷惑かけるけど、いつもありがとうな」

ぽんぽんと頭を撫でられて、胸がぎゅっと詰まった。ドキドキを通り越して切なくなる。

目の前を小さな男の子が走っている。突然、ずるっと足を滑らせた。「危ない！」と、素早く立ち上がった伏見が抱きとめる。番台で料金を払っていた父親が慌ててやってきて、「ありがとうございます」と伏見に礼を言った。伏見は笑顔で応じて、「転ぶと危ないから、走ったらダメだぞ」と男の子の頭を撫でていた。

いいなと思った。伏見のそういう親しみやすい人柄や、温かく包み込んでくれるような優しさが彰人の胸にはジンと響く。何より、笑顔に惹《ひ》かれた。太陽みたいに明るく輝き、暗がりで迷っていたらこっちへ来いと導いてくれるような、そんな心強い笑顔だ。あの笑顔の傍にいたいと思ってしまった。

健と合流して三人で銭湯を後にする。

その時、「泥棒！」と女性の悲鳴が聞こえた。振り返ると、彰人のすぐ横を走り去って行く人影があった。背後には中年の女性が地面に尻餅《しりもち》をつき、「泥棒よ、捕まえて！」と指をさして叫んでいる。たった今、擦《す》れ違った人物が犯人だ。

「彰人、これを持っていてくれ」

「え？」

押し付けるようにして荷物を渡されて、彰人は咄嗟に受け取った。次の瞬間、伏見が走り出す。その場にいた全員の目が伏見の背中を追い駆ける。

あっという間だった。数十メートル先のクリーニング店の前で犯人に追いつくと、伏見は暴れる男に足払いをかけて引き倒した。体重を乗せてうつ伏せにすると、両腕を摑んで押さえつける。一連の動作が鮮やかすぎて、騒動を聞きつけて出てきた人たちもみんな目を丸くしていた。

「捕まえたぞ！」

伏見が叫ぶ。途端に、わあっと歓声が上がった。拍手も起こる。鞄《かばん》を引《ひ》っ手繰《たく》られた被害者の女性が伏見に駆け寄る。彰人と健も顔を見合わせて、すぐさま走った。

「父ちゃん、大丈夫？」

「おう、平気だ。まったく、馬鹿《ばか》なことをする野郎だな」

ぐっと肩を押さえつけられた犯人が苦しそうに呻いた。

「警察を呼ぶから」

彰人は携帯電話を取り出す。

「おう、頼む」

ニッと笑ってみせた伏見と目が合った瞬間、ぶわっと自分の中に溜《た》まっていた何かがはちきれて、胸がぎゅっと締め付けられた。

「彰人？」

ひゅっと息を呑《の》む。瞬時に我に返った。

「あ、ごめん。今、かけるから」

ドキドキしながら急いで携帯電話を操作する。

心ごとごっそりと伏見に持っていかれたような気分だった。

いい人だとは最初から思っていた。正義感の強い熱血漢。息子思いの父親。人として尊敬できるし親愛の情はあった。だがそれは決して恋愛感情ではなかったはずだ。いつの間にか、伏見のことを一人の男として好きになっていたらしい。


引っ手繰り騒動のせいですっかり湯冷めしてしまった。

寒い寒いと震えながら事務所に戻り、健が銀次様に抱きつく。『ちょっと冷たいって。ったく、仕方ねえなあ』という顔をしながら、銀次様は健の好きにさせている。

「いいなあ」

「いいなあ」

思わず口をついた言葉が、隣の男と重なった。バッと顔を向けたタイミングで、伏見もこちらを向く。声が被《かぶ》っただけで、どういうわけか猛烈に恥ずかしくなる。自分の気持ちを自覚した途端、益々意識してしまって心臓がどうにかなってしまいそうだ。

伏見も面食らったような顔をして、視線を虚空に彷徨《さまよ》わせている。

「──い、いいよなあ？　健だけもふもふさせてもらって」

「う、うん。銀次様、あったかそうだし」

「俺も抱かせてもらおうかな。健、父ちゃんにもくれ。なあ、銀次……」

『ぶにゃわあっ』

銀次様が威嚇してきた。『はあ？　抱かせてやんねえよ？』と、フイッとそっぽを向く。

「銀次様、嫌だって」

健がとどめを刺して、伏見ががっくりと項垂れた。「くそっ、もふもふだからっていい気になるなよ？　お前は悪徳もふもふだ」

伏見はお断りだが、彰人なら構わないと本人から許可が下りたらしい。健が銀次様を抱かせてくれた。彰人の腕の中に銀次様がおとなしく納まる。撫でてやると気持ちよさそうにごろごろと喉を鳴らした。

電気ストーブを点《つ》けてソファに深く腰を沈めた伏見が苦笑した。

「すっかり、彰人に懐いたなあ。銀次に認められたら家族の一員だ」

「え？」と、健が残念そうな顔をして口を挟む。「だったら父ちゃんは？」

「おい、どういう意味だ。アイツは俺が連れてきたんだぞ？　心の中では俺を一番のご主人様だと認めてるんだよ。でもほら、アイツ照れ屋だから。なあ、銀次？」

『ペッ』

「……あれ、銀次？」

時計の針はとっくに十時を回っていた。健は明日も学校だ。

「おやすみ。父ちゃん、アッキー」

眠そうにあくびをすると、早々に隣の部屋に引っ込んでしまった。伏見と健の寝室。六畳の板間には畳が敷き詰めてあり、そこに布団を敷いて寝ているのだ。銀次様もそろそろおねむのようだった。自分の寝床に帰っていく。

彰人もそろそろお暇《いとま》しようと考えた時だ。伏見が冷蔵庫を開けて訊いてきた。

「明日は早いのか？」

「ううん。授業は二限目からだから」

「だったらいいな。もう少し付き合えよ」

ビール缶を取り出して、ニッと笑った。

本音を言うと、今日はもうこれ以上伏見と二人きりになるのは避けたい。だが断る上手《うま》い理由が見つからず、彰人はおずおずと缶を受け取るしかなかった。

「実はいいものをもらったんだよ。健には内緒な」

悪戯《いたずら》っ子のような顔をして、伏見が戸棚の奥から缶詰を取り出す。いそいそと缶を開け始めた。伏見がテーブルに並べたのは、炭火焼きのやきとりや燻製《くんせい》の牡蠣《かき》に帆立の貝柱、コンビーフ。すべて缶詰だ。

「ここからは大人の時間だな。乾杯」

「……………」

伏見が美味《うま》そうに喉を鳴らす。大きな喉仏が上下する様がやけに扇情的で、思わずカアッと頬を火照らせた彰人はビールを一気に胃に流し込んだ。

「おおっ、いい飲みっぷり。そういえば、こうやって一緒に飲むのは初めてか。案外いけるクチだな」

楽しそうに伏見が笑った。その笑顔にまた胸がきゅんと鳴って、ツマミいらずでビールがどんどん進む。アルコールに弱いわけではないが、特に強いわけでもない。酔いはすぐに回った。

「彰人？　おい、寝るなら布団に運ぶぞ」

「んー……」

ふわふわと気分がいい。耳元で喋っている声は一番好みのものだった。鼓膜を甘くすぐられて、ぞくぞくする。

「……伏見さん？」

「うん？　何だ」

聞き返してくれる声が勘違いしてしまいそうになるくらいに優しい。やけにふわふわすると思ったら、お姫様抱っこまでしてもらっていた。何だ、これ？　夢かな？　――夢だな。彰人は思わず笑ってしまう。現実にはありえない状況だ。体がふわふわ揺れる。夢なら別にいいいか。甘えるようにたくましい胸板にしなだれかかる。ヤバイ、凄く幸せかも……。

「……伏見さん」

夢の中の伏見に手を伸ばした。がっしりとした首にするりと腕を絡ませる。

「おい、彰人？」

伏見が少し驚いたように低音を掠《かす》れさせた。そういう声も色っぽい。うっとりする。男らしい肉感的な唇。触ったらどんな感じなのだろう。触れたいな——。

これが夢の中だとわかっていれば、何だってできてしまう。彰人は伏見の首を引き寄せると、吸い付くようにして男の魅惑的な唇に自分のそれを重ねた。

「……っ」

感触はやけにリアルだった。思った以上に柔らかい。目が覚めてもこの感触が残っていたらいいのに——酷く幸せな気分で、彰人は深い眠りに落ちていく。

「——……え？」

両腕に彰人を抱えたまま伏見は固まっていた。その後しばらくの間、彼がどんな顔をしていたのか、本当に夢の世界の住人になってしまった彰人は知る由もなかった。

9

伏見の様子がどことなくおかしい。

そう思い始めたのは、みんなで銭湯に行ったその翌日のことだった。

どんなに遅くなっても帰るつもりでいたのに、目が覚めた彰人は自室のベッドではなく、畳敷きの部屋の布団の上に寝かされていた。

「おはよう、アッキー」

『なうーん』

健と銀次様に顔を覗き込まれて、彰人はぎょっとして飛び起きたのだ。

「アッキー、昨日はうちに泊まったんだね。起きた時、隣に寝てるのが父ちゃんじゃなくてびっくりした。朝ゴハンできてるよ。といっても、パンとコーヒーだけど」

「うわっ、ごめん。俺、いつの間にか寝ちゃったんだ……っ」

慌てて寝室を出ると、コーヒーの匂いが漂っていた。

「おう、起きたのか。おはよう」

振り返った伏見がいつもの調子で言った。

「おはよう、ございます」

彰人は申し訳なく思う。

「ごめん、伏見さん。俺、いつ寝たのか全然記憶がなくて」

「おう、そ、そうか。記憶がないか。まあ、割と早いペースで飲んでたからな。覚えてなくても仕方ない。うん。二日酔いはどうだ？」

「それは大丈夫だけど……俺、伏見さんの布団を取っちゃったよな」

「うん？　ああ、そんなことは気にするな。よく眠れたみたいでよかったよかった」

そう言って笑った伏見の目の下には、うっすらとクマのようなものが浮いていた。目も赤い。彰人が布団を奪ったせいで伏見はぐっすり眠れなかったのだろう。昨夜はソファを使ったのだろうか。長い足を伸ばせず窮屈な思いをさせてしまったに違いない。

「顔を洗ってこいよ。健、彰人にタオルを渡してやってくれ」

洗面所に追いやられて、冷水で顔を洗った。シャキッと目が覚める。昨夜は伏見と一緒に飲み始めたところまでは覚えているが、どんな会話をしたのかも記憶が朧《おぼろ》だ。変なことを口走ってないよな？　いい気分で夢を見ていた気もするが、肝心の夢の内容を覚えていない。

戻ると、テーブルにトーストとインスタントのコーヒーが置いてあった。

「アッキーと一緒に朝ゴハンって新鮮だね」

健がバターを渡してくれながら言った。

「もうさ、うちに引っ越してくれれば？」

ブふぉッと伏見がコーヒーを吹いた。「汚《きたな》っ！　父ちゃん、何やってんだよ」と、健が慌てて布巾を取りに走る。

「……悪い。ちょっと噎《む》せたんだ」

「大丈夫？　伏見さん、顔にもコーヒーが飛んでるよ」

傍にあったティッシュボックスから数枚引き抜いて差し出す。「ああ、ありがと」と、伏見が受け取る。その時、お互いの手が触れた。

「――！」

「――！」

静電気に阻まれた時のようにバッと二人して手を引く。手離したティッシュがひらひらと宙を舞い、ちょうど床で食事中だった銀次様の頭の上に乗った。

『ぶにゃっしゃ』

苛立ったようにティッシュに向けて猫パンチを繰り出し、銀次様が彰人と伏見にガンを飛ばしてきたのが――三日前。

あの時から、どうも伏見の態度がよそよそしい気がするのだ。

目が合う回数はむしろ以前より多い気がするのに、すぐに逸らされてしまう。妙に気を遣われているような、どことなく距離を置かれているような。そうかと思えば、以前と変わらず家出猫の捜索で一緒に走り回り、無事捕獲に成功した時には互いに笑い合ってハイタッチを交わす。

彰人の考えすぎだろうか。普段は本当に何も変わらないのだ。しかし、ふとした瞬間に「あれ？」と違和感を覚えることがある。まさか、酔っ払った拍子に何かおかしなことを口走ったわけじゃないだろうな——彰人はずっとそれが気にかかっていた。何せ自分の気持ちを自覚した正にその日の出来事だ。うっかりそれらしいことを口にして、驚いた伏見が彰人を警戒しているのだとしたらどうしよう。

「アッキー、どこ行くんだよ。そっちじゃないよ」

健の声でハッと現実に引き戻された。四つ角に立ち止まった彼が怪訝そうに首を傾げて彰人を見ていた。

近所の文房具店に買い出しに行った帰りだった。健が立っている場所を左折しなくてはいけないのに、彰人の足は直進しようとしている。

「あ、ごめん」

彰人は慌てて引き返した。

「ぼんやりしてた」

「大丈夫、アッキー？　最近、父ちゃんもぼんやりしてるんだよな。今朝もぼーっとしててパンを真っ黒に焦がしちゃったし」

「……伏見さん、何か言ってた？」

「何かって？」

きょとんとした健に訊き返される。

焦った彰人はかぶりを振って、「いや、何でもない」と答えた。

「伏見さんも、何か考え事があるのかなと思って」

「アッキーは悩み事でもあるの？」

健の真《ま》っ直《す》ぐな目に問われて、彰人は思わず押し黙ってしまう。後ろめたい気持ちに苛《さいな》まれた。

「俺はほら、今日の夕飯は何にしようかなって考えていて」

「お肉がいいな」

すぐさま健が答える。

「魚も食べないとダメだぞ」

「父ちゃんのメザシで十分だよ。父ちゃんといえばさ、竜也《たつや》がまだ父ちゃんのことをみんなに話して回っててさ」

竜也とは健のクラスメイトだ。先日の銭湯で一緒だった男の子。伏見が引っ手繰り犯を捕まえた現場を目撃して、「健の父ちゃん、すげえ！　カッコイイ！」と騒いでいた子である。

翌日、学校では竜也がその時のことをみんなの前で話して聞かせたそうで、小学四年生の間で伏見は一躍スーパースター扱いだったそうだ。

「ようやく運動会の話題が消えた頃だったのにさ。父ちゃん、目立ちすぎなんだよな」

そう言いつつも、健は嬉しいのだろう。こそばゆそうに唇を尖らせている。

事務所がもう目と鼻の先という場所まで戻ってきた時だった。

「あれ？」

ふいに健が立ち止まった。

「どうした？」

釣られて彰人も足を止める。健が首を捻って言った。

「うちの前に誰かいる」

見ると、古い三階建ての建物の前に人影が見て取れた。随分と小柄だ。健と同じぐらいの男の子だった。入り口のコンクリート階段の前でうろうろしている。

「健くんの友達？」

「違う」健が即答した。「見たことない顔だし」

その時、誰かが階段を下りてくる。伏見だった。

「あ、父ちゃんだ」

健の声に被さるようにして、別の甲高い声が言った。

「お父さん！」

え？　と耳を疑ったのは彰人だけではなかっただろう。健が目をぱちくりとさせて、当の本人までもがぎょっとしたように固まった。次の瞬間、「お父さん」と叫んだ少年が、いきなり伏見に抱きついたのだ。

衝撃的な現場を目の当たりにした彰人と健は茫然《ぼうぜん》となる。伏見が辺りをキョロキョロと見回した。咄嗟に彰人と健は傍に止まっていた車の陰に身を隠す。

動揺を隠せない様子の伏見が珍しくあたふたとしながら、その少年を抱きかかえるようにして建物の中に引き返していった。

「……父ちゃんの、隠し子?」

ぽつりと呟いた健の言葉に、彰人はぎょっとした。

「まっ、まさか! そんなわけないだろ」

「でもアイツ、父ちゃんのことを『お父さん』って呼んでたし」

それは彰人もはっきりと聞いてしまったので、否定しようがなかった。

「きっと、何か事情があるんだよ」

「事情ってどんな?」

「どんなって、えっと……」

情けないことに、続く言葉が何も出てこなかった。健が思い詰めたような顔をして俯く。

「大丈夫だよ。あの伏見さんに、他に子どもがいるはずないって」

「そんなのわかんないじゃん。アッキー、父ちゃんの何を知ってるんだよ。昔の父ちゃんのことは何も知らないだろ」

苛立ったように言われて、彰人は言葉を失った。健も言いすぎたと思ったのだろう。バツが悪そうに「ごめん、今のはナシ」と言った。

「アイツ、俺と同じぐらいの年齢だった」

健がボソッと呟いた。

「それってさ、俺が生まれたのと同じぐらいの年にアイツも生まれてるってことだよね？ 母ちゃんは俺を生んですぐに死んじゃったから、俺は祖父ちゃんと祖母ちゃんの家に預けられてたって、前に話しただろ？ その間、父ちゃんは会社の近くで一人暮らしをしてたんだよ。もしかしたらその間に……」

「健くん！」

彰人は語気を強めた。健がビクッと顔を上げる。

「伏見さんはずっと必死に働いてきた人だよ。当時は仕事が忙しくて、会社に寝泊まりする日も珍しくなかったんだって。でも休みの日には、必ず健くんに会いに実家に帰ってたって聞いた。健くんにはずっと寂しい思いをさせてきたって、伏見さん後悔してたよ」

細い肩を摑んで話すと、健が大きく目を瞠った。

「健くん、保育園に通っていた頃、伏見さんが警察から感謝状をもらった時のことを絵に描いたんだって？ 伏見さん、凄く嬉しそうに話してくれたんだよ。だから、健くんがそんなふうに疑ったら、伏見さんがかわいそうだ。そうだろ?」

目を潤ませた健が、咄嗟に顔を伏せた。こくりと頷く。「……わかった」

ぽんぽんと健の頭を撫でて、彰人は微笑んだ。しかし、胸中は複雑だった。本音を言うとやはり気になって仕方ない。伏見とあの少年は一体どういう関係なのだろう。


その日の夕食はまるで通夜のようだった。

いつもは笑いに溢《あふ》れている食卓が、しんと静まり返っている。

あの後、しばらくしてから再び姿を現した伏見と少年は、そのまま二人でどこかへ行ってしまったのだった。少年を送っていったにしては帰りが遅く、帰宅を待つ間、健は宿題をしながら一度も口を開かなかった。

ちょうど食事の準備が出来たタイミングで伏見が帰ってきた。

何も知らない彼はいつもと変わらない調子で話しかけるのだけれど、やはり健は一言も喋らなかった。彰人と話して「わかった」と一度は頷いてくれたものの、さすがに九歳の子どもが何事も無かったかのようなフリをするのは難しかったようだ。黙々と箸《はし》を動かし、「ごちそうさま」と、早々に寝室に引きこもってしまう。伏見は「反抗期か?」と不審そうに首を捻っているし、間に挟まれた彰人はひやひやしっぱなしだった。

「何かあったのか？」

伏見が呑気に訊ねてくる。彰人の性格上、その胸倉を摑んで今すぐにでも問い詰めてやりたかったが、ぐっと我慢した。

――今日見たことは、アッキーも黙ってて。父ちゃんには何も言わないで。

健とそう約束したからだ。

「健くん、俺そろそろ帰るね」

寝室のドアをノックして伝えると、中から健が姿を現した。少しホッとする。

「アッキー、お疲れさま」

「うん。また明日ね」

「健、俺も少し出てくるから。戸締りをして、先に寝ていてくれ」

わざわざベランダに出てこそこそと電話で話していた伏見が、上着を羽織りながら言った。

「……あっそ」

パタンと寝室のドアが閉まってしまった。伏見が少々苛立った様子で、「何なんだ、あいつは」とぼやく。彰人は曖昧《あいまい》に流すしかなかった。

伏見も駅に向かうというので、二人で肩を並べて歩く。

世間話から仕事の話になる。以前、草野球の試合の後に旦那の浮気相談を受けた女性は、しばらく様子見をするらしいと、伏見が教えてくれた。

ところが、今からどこへ向かうのかと訊ねると、伏見は急に言葉を濁し、はっきりしない返事を聞かせただけでそれきり黙り込んでしまった。嫌な風に胸がざわめく。本当ならば、伏見と二人きりなのだから、もっと舞い上がって浮かれた気持ちになってもいいはずだ。それなのに、まったくそういう気になれないのは、健の思い詰めた顔が脳裏をちらついているからだった。

「それじゃあな。気をつけて帰れよ」

改札を抜けたところで、伏見が言った。どうやら彰人とは別の路線に乗るらしい。

彰人は別れるフリをして、伏見が背中を向けるとすぐさま踵《きびす》を返して後を追った。

先ほどかかってきていた電話といい、嫌な予感しかしない。心臓が不穏な音を立てる。

伏見について電車に乗り、距離をあけて尾行する。まもなくして伏見が電車を下りた。彰人も急いで後を追う。改札を抜けて外に出る。駅前の繁華街を歩き、路地に入る。飲食店が軒を連ね、その中の一軒に伏見は入っていった。【スナック　かりそめ】。

「……スナック？」

ただ飲みに来ただけなのか。健を置いて？　そんなわけないだろうと彰人はいよいよ嫌な予感に駆られる。

近くの自動販売機の陰から【スナック　かりそめ】を見張った。店のドアが開くたびに緊張し、ドキドキした。

伏見が出てきたのは、一時間が経《た》った頃だった。

一緒に妙齢の女性も出てくる。派手な化粧と格好をしており、一目で店の従業員だとわかった。ということは、ここには本当にただ飲みに来ただけなのだろうか。

その時、女性が親しげに伏見の腕を取った。するりと自分の腕を絡ませる。上目遣いに伏見を見上げて言った。

「今日は、あの子が急に会いに行ってごめんね」

彰人はぎくりとした。

「びっくりしたよ」伏見がため息混じりに答える。「まさか、今更あんな写真を持って俺に会いに来るとは……」

タクシーが通り過ぎて、会話が途切れた。再び静寂が戻り、女性の声が聞こえ始める。

「ごめんなさいね。もう小学四年生で、父親のことをしつこく訊いてくるから、誤魔化せなくて」

彼女が伏見にしなだれかかる。

ぞわっと背筋に震えが走り、彰人は反射的にその場から逃げるようにして立ち去った。

どうしよう。聞いてはいけないことを聞いてしまった気がする。

夕方に見かけたあの少年の母親が先ほどの彼女だ。そして、父親が伏見――？

「ウソだろ……ええっ、ちょっと待ってよ……」

頭が混乱して理解が追いつかない。とにもかくにも、こんな話は絶対に健に聞かせるわけにはいかなかった。伏見の後をつけたことを今更ながら後悔する。こんな真実は知りたくなかった。

アッキー、父ちゃんの何を知ってるんだよ。昔の父ちゃんのことは何も知らないだろ——健の言葉が蘇る。

伏見にもう一つ別の家庭が存在するとは考えたくなかったが、健に言われた通り、彰人は伏見のすべてを知っているわけではない。よくよく考えてみれば、知り合ってからまだふた月も経っていないのだ。伏見にだって秘密の一つや二つはあるだろう。しかしそうは言っても、この秘密は重すぎる。しかも小学四年生なら健と同い年。健の母親は健を生んだ後に亡くなっているのだから——生々しいことを考えてしまい、益々ショックを受ける。

彰人が健に話して聞かせた伏見の話は何だったのだろう。伏見はどういうつもりで彰人にあんな話を語ってくれたのだろうか。ガラガラと信頼が崩れてゆく音が聞こえる。その一方で、きっと何かの間違いだと伏見を信じたいと思う気持ちも捨てきれない。彰人が知る伏見の人柄を思うと余計だった。今、見聞きした情報が、すべて嘘であってほしい。

明日、どんな顔をして二人に会えばいいのだろう。

とぼとぼと夜道を歩きながら、彰人は途方に暮れた。

■10■

健の様子までおかしくなってしまった。

ここ連日、帰りが遅い。これまでは学校の授業が終わると真っ直ぐ帰ってきたのに、どこに寄り道しているのか、普段よりも二時間以上も帰宅が遅い。夕食の時間には戻ってくるのだが、彰人が心配して訊ねても、「ちょっとね」と答えるだけで、何も教えてくれない。

伏見は伏見で仕事だと言って姿を消すし、夜も毎日どこかへ出かけていく。

ぎくしゃくしたまま一週間が経とうとしていた。

せっかく親子二人が一緒に過ごす時間が増えたと思ったのに、これではまたふりだしに戻ってしまった。いや、伏見と健の距離感は以前と比べものにならないくらい悪化している。噛み合わない歯車のように二人の気持ちがバラバラだ。

彰人は一人で事務所にこもり、雑用を片付けながら二人の帰りを待つ日々だった。

そんな中、彰人はまたも余計な物を発見してしまった。

事務処理をしていて、ファイルを出し入れしていた時のことだ。一枚の写真が落ちてきたのである。どこかに挟まっていたのだろう。しかし、そこに写っている人物を見た瞬間、言葉を失ってしまった。

伏見と親しげに体を寄せ合って写っている人物――【スナック　かりそめ】の、あの女性だったからだ。

――びっくりしたよ。まさか、今更あんな写真を持って俺に会いに来るとは……。

伏見の声が蘇った。おそらくこれがその写真だろう。二人とも今よりも随分と若いことがかえって彼らの長年の関係性を強調しているようで胸が痛かった。決定的な証拠を見つけてしまい、頭を抱えるほかない。

この一週間の伏見の不審な外出は、本当に仕事なのだろうか。

疑ってはダメだと健に言った手前、彰人だって信じたいのはやまやまだけれど、こんな写真を見つけてしまっては心中穏やかではいられなかった。今も伏見がどこで誰と何をしているのか気になって仕方ない。何度も携帯電話に手を伸ばそうとして、「いや、本当に仕事中だったら悪いし」と自分に言い聞かせては、胸に渦巻くもやもやを必死に抑え込む。この感情には酷く覚えがあった。以前、誠一と付き合っていた頃のことを思い出す。こんなふうに一人で部屋に籠《こも》って、ぐるぐると不吉な妄想《もうそう》を繰り返しては自分を追い詰めていたのだ。その結果、誠一には「重い」と言われて逃げられてしまった。

余計な口出しはしない方がいい。特に今回は彰人の恋愛感情以前に、伏見親子の問題だ。人様の家庭の問題。彰人が無遠慮にズカズカと踏み入ってしまっては、かえって事態を悪化させてしまう恐れもある。黙って見守る方がいいだろう。ああでも、健のことが心配だ。伏見も、もしかして自分たちに隠れてこそこそとあの女性と会っているのかと考えると、心臓が焼けつくような気分になる。

彰人はため息をつき、椅子《いす》から腰を上げた。

隣の寝室のドアをそっと開ける。入ってすぐ左手に据えてある収納棚の上に、写真が飾ってあった。綺麗で優しそうな女性の写真。彰人はその前に立つ。

伏見聡美《さとみ》——死に別れた伏見の妻であり、健の母親だ。

しばらく彰人は聡美の前に佇《たたず》んでいた。

ぼんやりと昔の自分を思い出す。実家にいた頃、自分が女の子を好きになれないと気づいた時の後ろめたさと、ばれてしまってからの家族関係。会話がなくなり、息が詰まるような毎日だった。大学進学を機に実家を出て、両親もホッとしていたに違いない。

伏見は健が彼の秘密を知ってしまったことに気づいていない。このまま隠し通すつもりだろうか。健も、いつまで知らないフリをし続けるのだろう。秘密を抱えたまま過ごすのは互いが辛《つら》いに違いなかった。もちろん、黙っていた方が円滑に進む場合もある。だが今回は、健が伏見に疑いを持ったままの状態だ。健が自分を避けていることを、伏見も気づいている。でも何も言わない。彰人は、憎まれ口を叩きながらも仲良く助け合って暮らしている二人を微笑ましく思っていた。伏見に隠し子がいたことよりも、健との関係に見えない亀裂が生じてしまっている今のこの状況の方がショックだ。どうにかできないだろうか——。

『ほなぁら』

鳴き声がした。ハッと顔を向けると、銀次様が座っていた。わざわざ銜《くわ》えてきたのか、足元には餌用《えさよう》の皿。目が訴えてくる。『ぼんやりしてる暇があるならやることやってくれ』

「あっ、まずい。今何時だ？　健くんのゴハン作らないと」

「まだ四時前だよ。アッキー、何焦ってんの？」

ランドセルを背負った健が立っていた。

「健くん！」彰人は目を瞠る。「帰ってたの？　ごめん、全然気づかなくて」

「別にいいけど。これから買い物に行く？　銀次様と一緒に行ってもいい？」

「う、うん。もちろん」

彰人は思わず破顔した。久しぶりに健が早い時間に学校から帰ってきた。それだけでも嬉しい。

「母ちゃんの写真を見てたの？」

ふと視線を横にずらした健が訊いてきた。

「あ、ごめん。ま、窓を開けようとして、それで……」

「ふうん」健が閉じたままの窓を見やる。「これから出かけるから、開けなくてもいいよね」

「う、うん。そうだよな。ちょっと待ってて。すぐ出かける準備するから」

バツの悪い思いで急いで寝室を出た彰人を、「あのさ、アッキー」と健が呼び止めた。

「俺は父ちゃんのこと信じるよ」

健が彰人を見つめてニッと健康的な白い歯を見せる。「アッキーが話してくれた父ちゃんの話、嬉しかった。アッキーも父ちゃんのことを信じてくれてるんでしょ？　だから俺も父ちゃんのことを信じる。アッキーにまでいろいろと心配かけてごめんね」

「……っ」

思わず健を抱き締めた。腕の中で健がわたわたする。「ちょっと、アッキー。急に抱きつくなって言ったじゃん」

「健くん、プリンを作ってあげるよ」

「は？　何でプリン？」

彰人もよくわからない。たぶん、伏見と一緒に観たＤＶＤの中に、白いエプロンを付けた母親が子どもにプリンを作ってあげるシーンがあったからだと思う。隣で伏見が目を細めて言っていたのだ。いいよなあ、こういうの。

「銀次様にも作ってやるよ。猫用にアレンジしたレシピを入手したから」

『ぶにゃっ』

急に銀次様が彰人の足に擦り寄ってきた。『期待してるぜ』と肉球でぽんぽん叩かれる。

頭の隅にちらつく伏見と女性のツーショット写真の残像を、無理やり笑って掻き消した。

○○○

彰人の頭の中は、終日伏見親子で占められていた。

大学の授業も教授の話は右から左へ抜けていくし、何をやろうにもいまひとつ身が入らない。昨日は伏見とは電話で話しただけで、一度も顔を合わせなかった。夜も遅くなるらしいと健に伝えると、返ってきたのは「ふうん」と素っ気無い一言だけ。相変わらず感情の読めないクールな態度に、どうしたものかとため息ばかりが口をつく。

二限目の授業が終わった。学食に誘ってくれた友人を断って、彰人は一人で行動し、空いていたベンチに腰を下ろす。ぼんやりと騒がしいキャンパス風景を眺める。

その時、目の前を通りかかった女子集団の一人が、「ねえねえ、あの人、誰？」とはしゃぐ声が聞こえた。「あんな先生、うちにいたっけ？　ちょっとかっこよくない？」

女子の視線が一斉にそちらを向く。なんとなく彰人も釣られるようにして目をやった。

そして、ぎょっとした。

なぜかそこに伏見がいたからだ。しかもスーツを着て、髪もきちんと撫で付けている。

「何で、こんなところに……？」

凝視する先、伏見はまったくこちらを見向きもしないでスタスタと歩いていく。彰人は反射的に立ち上がって、彼を追い駆けた。

伏見は迷い無く突き進んでいく。彰人は人込みに紛れて尾行した。

「研究棟？」

一般教養や専門学の講義が行われる教育棟とは別に、個別に分かれたそれぞれのゼミ生が所属する研究室があるのが研究棟だ。教授たちもそこにいる。

伏見はどうやらそちらへ向かっているようだ。途中、通りかかった女子大生に声をかけていた。

彰人は壁の陰からその様子をじっと観察する。スーツ姿の伏見は惚れた欲目ではなく、一般的に見ても相当かっこいい部類に入ると思う。百八十五センチの長身と、スーツが似合う肩幅の広さ、胸板の厚さ。手足もすらりと長く、整った顔だちは精悍《せいかん》と表現するのがぴったりなほど魅力的だ。

現に、声をかけられた女子大生は、笑顔で何やら答えながらもチラチラと伏見の顔に熱い視線を送っていた。

「……何だよあの胡散《うさん》臭い笑顔。女子大生にデレデレと鼻の下伸ばしちゃってさ」

風に乗って二人の笑い声が聞こえてきた。ムカッとする。昨日の健気な健を思い出して、益々腹が立つ。いつもはジャージ姿でうろうろしているくせに、これ見よがしにビシッとスーツで決め込んで、女の子にちやほやされて。大体、今着ているそのシャツ。床に放り投げてあったのを洗濯して、アイロンをかけたのは誰だと思っているのだ。

拳《こぶし》を握り締めていると、伏見が女の子に手を振って、再び歩き始めた。彰人も尾行を再開する。

第一研究棟の手前の通路を曲がったので、彰人も続く。更にその先を左に折れる。視界から伏見の姿が消えて、彰人は物陰から飛び出すと一気に走った。曲がった途端、ドンと何かにぶつかる。

「いっ……」

思わず鼻を押さえて見上げた。ビクッと背筋を伸ばす。

「お前、さっきから何をやってるんだ？」

「――！」

腕を組んだ伏見が壁にもたれて立っていた。

「やたらとチクチク視線が突き刺さってくるから、誰かと思えば」

伏見が苦笑する。

「あんまり見つめられると、こっちまでドキドキするだろ」

「――きっ」彰人はギクリとした。「気づいてたのかよ」

「そりゃ気づくって。途中で殺気みたいなのも感じたぞ？　メラメラと黒いオーラがずっとくっついてくるから、何事かと思った。お前、尾行に向いてないな」

にやにやと笑って言われて、彰人はうっと押し黙った。

「伏見さんこそ、何でこんなところに……」

「あっ、さっきのかっこいいオジサマ！」

その時、建物から女性が二人出てくる。ミニスカートを穿《は》いた方が伏見を見つけて、ひらひらと手を振ってきた。彰人が見かけた女子大生とはまた別の女の子だ。伏見は「おう」と笑顔で応じ、「さっきはありがとうな」とひらひら振り返している。

「……若い女の子にデレデレしちゃって。みっともな」

彰人はぼそっと言った。

聞こえたのか、伏見が心外そうに振り返る。

「人聞きの悪いこと言うなよ。さっきちょっと道を聞いただけで、俺は誓ってデレデレなんかしてないぞ」

「どうだか」

思わず声が尖る。伏見がムッとした。

「どうしたんだよ、最近」

わけがわからないとため息を零す。

「ずっと思ってたんだが、お前たちの方こそ何かおかしくないか？　話しかけてもよそよそしいし、健は全然口をきいてくれないし。急に反抗期に入られても、こっちとしてもどう対処していいのか……」

「全部伏見さんのせいだろ！」

苛立ちに任せて、彰人は叫んでいた。

伏見が驚いたように目を瞬かせる。「は？」

「健くんには黙っていてくれって言われてたけど、伏見さん、あまりにも無神経すぎるよ」

一度堰《せき》を切った言葉はもう止まらなかった。

「健くんは、伏見さんに隠し子がいることを知ってるよ。俺たち、男の子が伏見さんに『お父さん』って抱きついているところを見ちゃったから。その後も俺、伏見さんがスナックで女の人と会ってるのを見ちゃったんだよね。あの子の母親なんだろ？」

睨み付けると、伏見が面食らったように固まった。

「伏見さん、写真の隠し方も下手《へた》すぎ。あれを健くんが発見してたらどうする気だったんだよ。健くん、ずっと悩んでいたんだ。伏見さんと口をきかないのも当然だろ。自分の父親に実は別の家庭があって、そこには自分と同い年の子どもがいるんだよ？　ショックも受けるだろ。俺だってショックだよ。なあ、どうするの？　もうちゃんと正直に全部話した方がいいよ。いつまでも隠してたって、健くんが辛い思いをするだけだ。今だって、知ってて知らないフリをしてるんだぞ？　まだ九歳の子にそんな重たい秘密を背負わせるなよ」

言いながら、感極まって涙が溢れてきた。目頭から零れ落ちそうになった涙を、慌てて手の甲で押さえる。鼻を啜《すす》り、大きく息を吸い込んだ。気まずい沈黙が落ちる。

「――…あのさ」

しばし逡巡《しゅんじゅん》するような間をあけて、伏見がバツの悪そうな顔をして口を開いた。

「何だか、随分な誤解をされているみたいなんだが」

きちんと整えた髪を掻き毟《むし》り、視線を虚空に彷徨《さまよ》わせる。涙ぐむ彰人を見つめて、弱ったように息をついた。

「俺の子どもは正真正銘、健ただ一人だ。あの子は俺の子じゃないし、スナックのママは確かにあの子の母親だが、俺とは無関係だよ。会社勤め時代からの知り合いだけど、誓って何もない。今は仕事関係でちょっと付き合いがあるくらいだな。大体、別の女との間に健と同い年の子がいるって、俺はどれだけ最低な人間なんだ。そんなふうに彰人や健に思われてたなんて、俺だってショックだよ」

伏見が苦笑した。

「……あ」彰人はさあっと青褪《あおざ》めた。「ご、ごめん！　俺、とんでもない勘違いをしてた。勝手な憶測だけで伏見さんのことを疑って、本当にごめんなさい」

急いで頭を下げる。膝《ひざ》に頭がくっつきそうなほど深々と謝った。

「いや。まあ、俺にも責任はあるしな」

伏見がぽんぽんと彰人の頭を撫でた。顔を上げるように肩をやんわりと引き上げる。

「ややこしい態度を取っていたから、二人におかしな誤解をさせてしまったわけだし」

「そ、そうだよ」

彰人は伏見を恨みがましい目で見る。

「大体、何で伏見さんがここにいるの？」

「それはだな――…ここには、あの子の父親を捜しに来たんだよ」

「え？」

思わず訊き返した。

「あの子の父親って、まさかこの大学にいるの？」

伏見が軽く目を瞠る。

「まあ、そういうことだ」と、頷いてみせた。


伏見と【スナック　かりそめ】のママ、飯島響子《いいじまきょうこ》は古い友人だという。

響子には一人息子の水希《みずき》がいて、現在小学四年生。夏休みが明けた頃から急に父親のことを探り始めた息子を持て余し、困った響子は以前店で一緒に撮った客の写真を出して、「これがあんたのお父さんだよ」と言ってしまったらしい。それが件のツーショット写真だった。

もちろん、伏見と響子の間には何も無い。だが、母親の言葉を信じた水希は自分で調べてとうとう伏見を捜し当ててしまったのである。そしてあの、「お父さん！」と抱きついた衝撃的な場面に繋がるというわけだ。

「俺が一番驚いたに決まってるだろ。知らない子にお父さんなんて呼ばれて、路上で抱きつかれたんだぞ？　お喋りなご近所さんに見られでもしてみろ。あっという間に噂《うわさ》が回ってしまうからな」

真実を知った彰人はぽかんとなった。自分たちのこの一週間は一体何だったのだろうかと思う。

「それならそうと、教えてくれればよかったのに」

彰人は疲れたようにため息をついた。

「だってこれ、人捜しでしょ？　仕事じゃないか」

「いやでも、正式に依頼を受けたわけじゃないんだ。俺が勝手に調べていただけだからな。個人的なことだから、彰人を動かすわけにはいかないし」

「そんないらない遠慮するから、こんなややこしいことになるんじゃん」

「まあ、そうだよな。悪かったな、心配かけて」

伏見が殊勝に謝った。彰人は「もういいよ」と脱力する。内心、ホッとしていた。胸にずっと渦巻いていたもやもやがさっと晴れる。鬱々《うつうつ》と家に閉じこもっていた後、久しぶりに太陽の光を浴びた時のようなすがすがしい気分だった。

「水希くんのお父さんって、この大学の関係者なの？」

「そう。母親と知り合った頃はまだ助教授だったが、当時世話になっていた教授の娘と結婚して、三年後には教授になっている。一時期、別の大学にいたようだが、去年からまたここに戻ってきたみたいだな。彰人が通ってる大学だとわかって、今日も案内を頼もうと思ったんだけど、あいにくケータイの充電が切れててさ。仕方なく、その辺の学生さんに訊いてここまで辿《たど》り着いたんだよ」

「それにしては、女の子ばっかり声をかけてたみたいだけど」

彰人が醒めた目で見ると、伏見が急にあたふたと狼狽え始めた。

「そんなことないぞ？　たまたまだよ、たまたま。道がわからないなと思った時にそこにいたのが女の子だったってだけなんだからな。おかしな誤解をするなよ」

「おかしな誤解って何だよ」

伏見が「うっ」と言葉を詰まらせる。「それはあれだ。俺のことを節操ナシみたいな目で見るなってことだよ。こう見えて、俺だっていろいろと考えて行動しているわけでだな……」

ちらっと彰人を見てくる。どこかそわそわした様子で困ったように目を逸らした。やましいことを抱えている態度だ。やはり伏見も若い女の子には弱いのだろうか。

「ふうん」と、彰人は目を眇めた。

「……その目、健とそっくりだぞ」

がっくりと肩を落とした伏見が、気を取り直すように一つ咳払いをする。「とにかく」と話を戻した。

「母親とは昨日会って、少し話をしたんだ。水希の父親を見つけたことを報告した。現在はすでに離婚が成立して、独り身。前妻との間には子どもができなかったらしい。まあ、もともと断れない結婚だったみたいだし、当時は飯島響子の方が身を引く形で関係を終えたんだよ。でも、その時すでに腹の中には水希がいた。相手の男はおそらく水希のことは知らないはずだ」

ふう、と伏見が一つ呼吸を挟んで言った。

「響子自身は、できればもう一度その男に会えることを望んでいる」


水希の父親は、彰人もよく知っている教授だった。

衣笠《きぬがさ》教授は経営学専門で、彰人も週に二回の講義を受けている。今日も午前の授業で顔を見たばかりだった。

印象としてはあまり冴《さ》えない、普通の五十代半ばのおじさん。物言いはハキハキしているので授業は聞き取りやすいが、外見の印象は薄い。派手な容姿の響子からはあまり連想できないタイプの男だった。

衣笠の研究室を訪ねて、適当な理由をつけて外へ連れ出したのは彰人だ。

待っていた伏見と引き合わせる。最初は不審げに伏見を見ていたが、響子の名前が出た途端、顔色を一変させた。話を聞き、心底驚いたように細い目をめいっぱい開いてみせる。

そして、伏見に頭を下げてこう言ったのだった。

「お願いします。私を響子と息子に会わせてください」


一方。彰人と伏見が衣笠と接触していたその裏で、健にも動きがあった。なんと彼は独自の情報網を頼りに、ある人物に辿り着いていたのである。

急いで待ち合わせ場所に向かうと、彰人に気づいた健が手を振ってきた。

「アッキー。こいつが水希だよ」

健の隣には、先日事務所の前で見かけた少年が立っていた。

「水希、この人がアッキー。さっき話した大学生」

健が彰人を紹介する。水希がぺこんと頭を下げた。

「はじめまして、飯島水希です」

「あ、はじめまして。星川彰人です」

慌てて会釈を交わす。最近の小学生は本当にしっかりしている。

「健くん。ここのところ帰りが遅かったのって、隣町の小学校まで行ってたから？」

「うん」健が頷いた。「念のため、水希の写真を撮っておいたんだよ。それをクラスのやつらに見せたら、竜也が見たことがあるって言ったからさ。隣の学校のサッカークラブにいるって聞いて、捜してたんだ」

あの緊迫した場面において、一体どのタイミングで携帯電話を取り出し写真を撮っていたのか。彰人はまったく気がつかなかった。健はやはり伏見の血を引いているんだなと思った瞬間だ。

四日通って、ようやく五日目に下校中の水希を発見したという。水希はすでに伏見から父親は自分ではないときっぱり言われていて、母親にも事実を確認していた。水希からその話を聞いて、健も安堵したらしい。お互い父子家庭、母子家庭で育っているので、すぐに意気投合したのだと話してくれた。

今回は予想外の急展開になった。当初の予定では、まずは伏見が衣笠に事情を説明し、響子との間に入って後日改めて席を設けるつもりでいたのだ。ところが衣笠が今すぐにでも会いたいと言い出したので、急遽《きゅうきょ》仕事前の響子と連絡を取ったのである。まずは二人で話し、水希との対面はそれから考えよう——最初はそういう段取りだった。しかし彰人が健に連絡すると、そこで更に驚きの事実が発覚。実はすでに水希と接触しており、友達になったと報告を受けたのだ。仰天した彰人は再び伏見と連絡を取り、水希には健から説明してもらったのだった。

「でもさ、水希の父ちゃんは生きてるんだろ？　よかったじゃん」

健が水希の背中を叩く。水希は嬉しいような戸惑っているような複雑な顔をしてみせた。

「けど、お父さんは僕のことを知らないんでしょ？　僕を見たら、どう思うのかな」

伏見には自分から会いに行く行動力をみせておきながら、今回はやけに消極的だ。勢いで突進した一度目とは違い、一旦冷静になって、彼なりにいろいろと思うところがあるのだろう。その時、彰人の携帯電話が着信を知らせた。伏見からだ。

「もしもし？」

『彰人か。いまどこだ？　二人を引き合わせて、話が纏《まと》まったところだ。そっちには水希もいるんだろ？』

「うん。健くんと水希くんと一緒にいる」

場所を伝える。ここは水希の通学路にある児童公園だ。伏見が『わかった』と言って電話を切った。

「伏見さんたち、今からこっちに向かうって」

水希が不安そうに見上げてくる。

彰人は「大丈夫だよ」と水希の頭をぽんぽんと撫でた。

「お父さんも水希くんに会いたいって言ってた。水希くんもお父さんに会いたかったんだよな？　その気持ちを素直に伝えればいいんだよ」

「そうだよ、俺とアッキーも傍にいるからさ」

健がパンッと背中を叩く。僅かにつんのめった水希は緊張がほぐれたように笑った。

二十分ほど待って、伏見の運転する車が到着した。

普段は電車利用が多いが、時々仕事で使用する古い社用車。健が真っ先に気づく。

「あっ、父ちゃんが来た」

運転席から伏見が現れる。続いて後部座席から響子と衣笠が下りてきた。

緊張がぶりかえした水希の前にまずは響子がやってくる。彰人と健に会釈をすると、水希の手を引いて歩き出した。少し離れた場所で、伏見と衣笠が待っている。

響子が衣笠を紹介する。衣笠がその場にしゃがみ、水希と目線を合わせて話しかけた。それに対して、水希がこくりと頷いたり、一言返したりしている。

遠目に見守っていたが、水希のはにかむような笑顔を見た瞬間、彰人はホッとした。ほとんど同時に、隣で健が詰めていた息を吐き出したのがわかった。

「いい感じだな」

彰人が言うと、健も「うん」と頷く。

傍で三人のやり取りを見守っていた伏見が、こちらに向かって歩いてきた。すでにぐすぐすと洟《はな》を啜っていて、健が「父ちゃん、また泣いてるのかよ」と呆れ気味に言った。

「うるせえ。感動するもんは感動するんだよ。あの三人、これからは一緒に暮らすことを前提に話を進めるってさ」

「そっか」

彰人は思わず頬を弛める。向こうでは衣笠が泣いていた。響子もハンカチで顔を覆い、水希が困ったように笑っている。

「一緒にいたいって言ってくれる家族がいるんだから、変な遠慮をする必要はないよな」

つい微笑ましい三人と自分の家族を比べてしまった。実家での彰人はまるで腫《は》れ物扱いだった。最初は怒鳴り散らしていた父親も、すぐに息子と目も合わせなくなり、その代わり母親との口論が増えていった。

大学に進学してからの二年間、実家から電話がかかってきたのは祖母の三回忌法要の件についての一度きりだった。彰人もよほどのことがない限り、あえて連絡はしないようにしている。そう望まれているのがわかるからだ。

「水希くんたちがちゃんと家族に戻れてよかったよね」

彰人が微笑むと、伏見と健が揃ってこちらを見ていることに気づいた。

「何？　どうかした？」

「彰人」

涙ぐんだ伏見がいきなり距離を詰めてきたかと思うと、ガバッと彰人を抱き締めてきたのだ。あまりに唐突過ぎて、びっくりした彰人は硬直してしまう。カアッと体温が上昇する。

「ちょ、ちょっと、伏見さん。は、離して、苦しいから……っ」

必死に押し返すと、ようやく伏見が力いっぱい抱き締めていた腕をパッと離した。

「ああ、わ、悪い。苦しかったか」

「う、うん、まあ。きゅ、急にこういうのはちょっと、びっくりするし……」

伏見の顔をまともに見ることができず、彰人は視線を逸らす。ちょうどそこに健がいて、じいっと見つめていた彼と目が合ってしまった。益々《ますます》顔が熱くなる。

「父ちゃん、鼻水が出てるよ。汚いな」

憎まれ口を叩く健に、伏見が飛びついた。

「うわっ、ちょっとやめろよ」

嫌がる健をぎゅうぎゅうと抱き締めて伏見が言う。

「健、いろいろと心配かけて悪かったな」

「……だから、別に心配してないって。父ちゃんのこと、信じてたし。よく考えたら、そういうことできる人じゃないもんな。母ちゃんにベタ惚れだったって、祖父《じい》ちゃんと祖母《ばあ》ちゃんから聞いたことあるし」

伏見が再び目を潤ませて、健に頬擦りをする。

「健、大好きだぞ。やっぱり家族っていいよなあ」

「もう、わかったから！　いい加減、離せよ。いちいち抱きつくなって、暑苦しいだろ」

「いいじゃないか、親子だろ」

じゃれ合う二人を微笑ましく思い眺めていたその時だった。彰人はハッと息を呑んだ。彼らの傍に、写真でしか知らない伏見の亡き妻、聡美の姿が見えた気がしたからだ。

ドキッとした。胸に氷の粒を押し当てられたような薄ら寒い感覚が迫り上がってくる。急にわけのわからない疎外感を覚えた。二組の仲睦《なかむつ》まじい家族。自分だけがそこから弾《はじ》かれて、行き場を失った迷い猫のような気分になる。言い知れない不安と途方も無い虚《むな》しさが込み上げてきた。

「アッキー、見てないで助けてよ！」

健の声で現実に引き戻された。

伏見から頬にキスされそうになって必死に抵抗している健が助けを求めてくる。彰人は思わず笑った。だが心の中ではどうしようもなく泣きたくなる。

あまりにも彼らの傍にいすぎて、思い上がった期待を抱く自分が怖くなった。家族になんかなれるわけがないのに——聡美の代わりになりたいだなんて、傲慢《ごうまん》にもほどがある。

タクシーを拾って乗り込んだ水希たちを見送り、彰人らも帰路に着いた。

まっすぐ事務所に向かおうとする伏見に、今日はもう帰らせてもらえないかと頼む。

「別にいいが、何か用でもあるのか？」

「……うん」彰人は答えた。「実は課題が出ていて。レポートを書かなきゃいけないんだよ。

それで、伏見さん。明日から少し休みをもらいたいんだけど」

グループレポートの提出期限が迫っているのは本当だ。実際、そろそろみんなで集まってまとめないと締め切りに間に合わなくなる。

「……そうか。学業優先だから仕方ないな」

伏見が納得する。健は「ええっ！　アッキー、しばらく来れないの？」と、不満そうに唇を尖らせていた。

自宅マンションの前まで送ってもらい、彰人は車を降りる。

「それじゃあ、レポートが終わったらまた連絡をくれ。頑張れよ」

「うん。健くん、カップ麺《めん》ばっかり食べちゃダメだぞ」

「そんなこと言うなら、アッキーがちゃんと見張っておいてよ」

「こら」伏見が助手席の健の頭を軽く小突いた。「彰人も忙しいんだから、わがまま言うな。それじゃあな、今日はお疲れさん。いろいろと助かったよ」

彰人は微笑んで、二人に手を振る。去っていく車を見送りながら、苦いため息をついた。

――……。

赤信号に引っかかり、伏見はブレーキを踏んだ。

先ほどから車内には沈黙が漂い続けている。助手席の健はじっと前を向いていた。

「……なあ、健」

「……ねえ、父ちゃん」

完全に声が被って、思わず息子と顔を見合わせた。一瞬、バツが悪そうに顔を歪めた健が、少し躊躇《ためら》って口を開く。

「さっきのアッキー、何か変だったよね」

「ああ、ちょっとおかしかったな」伏見も頷く。「急に壁を作られたみたいだった」

「そういうの、寂しいよね」

「そうだな、寂しいよな。手を伸ばしてるのに掴んでくれない感じ——銀次に似てるな」

「それは父ちゃんだけだよ。あのさ。俺、父ちゃんに訊いておきたいことがあるんだけど」

「へえ、奇遇だな」

伏見は軽く目を瞠って答えた。「俺もお前に確認しておきたいことがあったんだ」

健がじっと見つめてくる。伏見も横目に視線を交わす。

「じゃあ、今夜は久々に家族会議だね」

「そうだな。じっくりと話し合うか」

ニッと笑った健が、「銀次様にも参加してもらわないと」と楽しげに言う。

信号が青に変わる。伏見も笑って、ゆっくりとアクセルを踏み込んだ。

■11■

「あれ？　星川《ほしかわ》じゃん」

友人の黒崎《くろさき》が珍しそうに彰人を見てきた。

「今日はバイト休み？」

「うん」彰人は答える。「休みをもらった。レポートをやらなきゃまずいだろ。単位落としたくないし」

「そうだよなあ」

黒崎がうんうんと頷いた。「しっかし、面倒じゃね？　何でグループレポートなんだろ。友達いないやつはどうするんだよ」

「別に一人でやってもいいんだろ？　一グループ四人までなんだし」

「まあ、手分けしてやれば一人でやるよりは早いけどさ」

「他の二人は先に図書館に行ったぞ。俺たちも早く行こうぜ」

黒崎と連れ立って図書館へ向かう。

「星川って、何のバイトしてるんだっけ？　最近、授業が終わったら即行で帰ってなかった？」

「ああ、うん。ちょっと肉体労働を。あとメシ作ったり」

「飲食店か」

「いや、ちょっと違う。アットホームな感じのところでさ……」

言いながら、彰人は内心ため息をついた。

昨日は久々に一人で夕飯を食べた。冷蔵庫の残り物で適当に作った炒飯《チャーハン》だったが、まるで砂を噛んでいるみたいで味がしなかった。

二人と一緒にいるのがどうにもいたたまれなくなり、咄嗟にレポートを理由に帰宅したのだが、早くもホームシックにかかっている。

自分の家にいるのに、ホームシックというのも変な話だ。だがそれだけ、彰人にとって伏見探偵事務所は居心地がよく、大切な場所となっていることに改めて気づかされた。

今頃、二人は何をしているのだろう。健はもう学校から帰宅しただろうか。銀次様はお散歩中？　伏見は仕事に出かけたのか。昨日の時点で新規の仕事は入ってなかったので、もしかしたらまたテレビの前で泣いているのかもしれない。

ＤＶＤを観て号泣する伏見を思い出し、彰人は思わず頰を弛ませてしまう。

昨日は何を食べたのだろう。今日は？　二日間事務所に行っていないから、洗濯物がまた溜まっているかもしれない。少し気持ちを整理したくて自分から距離を取ったくせに、頭の中は彼らのことでいっぱいだった。

伏見の隠し子騒動が意外な結末で幕を閉じたことにより、心底ホッとしたのだろう。昨夜はとんだ夢を見た。

夢の中で、彰人は伏見に抱き締められていた。しかも二人ともに素っ裸。おかげで朝から洗濯機を回す羽目になってしまった。

伏見のことが好きだ。あんな夢を見るくらいの好意だ。心の奥では自分でも気づいていないような邪な感情を山ほど抱えているに違いない。

だがそれ以前に、彰人は父親としての伏見を尊敬していて、健と銀次様のことも大好きで、伏見家のすべてが自分にとっての理想の家族だった。

伏見は異性愛者だから、もしかしたらこの先、彼にもいい人が現れて今度こそ本気で再婚を考える日がくるかもしれない。そうしたら、伏見親子の食事や洗濯の心配を彰人がする必要はなくなるだろう。それは新しく母親になる人の役目だ。

とはいえ、まだしばらくの間は大丈夫かなとも思う。伏見も健も、彰人を必要としてくれている。需要と供給だ。今はちょうどつり合っている状態。

しかしそのうち供給の方が多くなって、お前はいらないと切られるかもしれない。そうなった時、自分はどうするつもりなのだろう——彰人は重苦しいため息をついた。嫌な妄想ばかりが膨らむ。後ろ向きな思考回路にうんざりする。

何より先に、彰人の気持ちが伏見にバレてしまったら、それこそもうあの場所にはいられないだろうなと思った。

夢に出てきた大胆な伏見を思い出し、ゾクッと甘美な痺《しび》れを味わう一方で、虚しさと罪悪感に苛まれる。

今後の彼らとの距離感に対し、一層の迷いが生じていた。

〇〇〇

三日かけてどうにかレポートをまとめ上げた。

提出用のボックスに完成したレポートを入れて、「お疲れ」とハイタッチを交わす。

「星川、これからバイト？」

「うん」

彰人は頷いた。「それじゃあな、また明日」

教務課を出たところで、三人と別れた。彰人は表門へ向かう。

昨日の夜、伏見とは電話で話した。レポートが無事に完成したことと、明日からアルバイトに戻ることを伝えたのだ。「そうか、わかった。お疲れ様」回線の向こう側から嬉しそうに言われて、思わず胸がきゅんと鳴った。「明日は俺も健も待ってるからな」

いろいろと迷うところはあるのに、その一言でふわっと体温が上がった。

彼らに必要としてもらえていることがこれ以上ないくらいに嬉しい。ぐずぐずと胸に燻《くすぶ》っていた余計な迷いはすべて無駄なように思えた。結局のところ、彰人は彼らが好きなのだ。傍にいたい。そのために今、自分が彼らのためにできることは何だろう。自分はどうしたいのか。

どうせ、いつまでもこのままではいられない。現実問題として、来年には就職のことも視野に入れて活動しなければいけなくなるし、アルバイトもどの段階まで続けられるかわからない。時間は無限じゃない。

だったら、需要があるうちは全力であの親子に尽くそうと思えた。それまで彰人が経験した、相手に自分が尽くした分だけ見返りを求めるような恋愛とはまったく違う。何もいらないから、彼らの傍で世話を焼かせてほしい。今望むのはそれだけだ。三日にわたって迷っていた気持ちに整理がついて、少し気がラクになる。これでいいと納得のいく結論だった。

学生が行き交うキャンパスを歩いていると、バイブ音が鳴った。

上着のポケットから携帯電話を取り出す。着信は伏見からだ。

「もしもし?」

急いで出る。耳に馴染《なじ》んだ低音が聞こえてきた。

『彰人?　今どこだ?』

「今まだ大学だけど。これから事務所に向かおうと思って」

『よかった。まだ大学にいるんだな』

伏見が言った。

『今、大学の門の前にいるんだよ。行き違いになったらどうしようかと思ったけど、待ってるから早く来てくれ』

「え？　伏見さん、うちの大学に来てるの？」

電話を切ると同時に、彰人は走り出した。表門を抜けて外に出る。キョロキョロと辺りを見回すと、大きく手を振っている人影が見えた。本当に伏見がそこにいた。しかもスーツを着込んでいる。

「どうしたんだよ、こんなところで。もしかして、衣笠教授に用があったとか？」

息を整えながら伏見に歩み寄った。伏見が何か眩しいものを見る時のように、僅かに目を眇めてみせる。いつになく優しげに笑いながら、「いや」と首を横に振った。

「ちょっと近くを通りかかったんだよ。たった三日しか経ってないのに、何だか随分と久しぶりに感じるな。まだ彰人が大学にいるのなら、一緒に連れて帰ろうかと思って」

言葉の選び方の問題だが、一緒に連れて帰るという言い回しが妙に甘く耳に残った。

ふいに脳裏に先日の夢が蘇る。ストイックなスーツの下に銭湯で目にした逞《たくま》しい裸体が重なり、彰人はカアッと首筋から熱が上ってくるのを感じた。慌てて顔を伏せる。心臓がとんでもない音を立てて彰人に警告してくる。

一緒にいたいけれど、これほどまで自分の欲望が浅ましいものだとは思わなかった。伏見に対して後ろめたさが込み上げてくる。頭では整理がついたつもりでいたのに、実物を前にしただけでこんなにも心が揺れてしまう自分が憎々しい。

「彰人、こっちだ」

伏見の声にビクッと顔を上げた。指さす方へ急いで目を向ける。路肩に見覚えのある車体が止まっていた。

「車で来たの？」

「ああ。ちょっと彰人に相談があってさ」

「相談？」

「まあ、車の中で話すよ」

伏見が助手席のドアを開けてくれる。とてもさりげなくエスコートをされたことに、彰人は乗り込んだ後で気づいた。伏見が運転席につく。

狭い空間に伏見と二人きり。その状況を意識しただけで、もうそわそわと落ち着かなくなる。緊張しすぎて胸が苦しい。

「あ、あの。相談って？」

車が動き出すと、すぐに彰人は訊ねた。

「ああ、それなんだけどな」

伏見が答える。

「もうすぐ健の誕生日なんだよ」

「あ、そうか」

彰人は思い出した。健の誕生日は十二月四日だ。もう十一月が終わる。誕生日まであと一週間もない。

「健くん、十歳になるんだよな？」

まだ九歳なのが信じられないくらい大人びているが、今年は節目の年だ。

「確か、今年の四日って日曜日だったはず。俺、誕生日を聞いた時に調べたから」

「そうなんだよ」

ハンドルを握りながら、伏見が頷く。

「毎年、そんなに大したことはしてやれなかったんだけど、今年は彰人もいることだし、いつもより盛大に祝ってやりたいんだよな」

「ああ、何だ。相談ってそのこと」

納得した。詰めていた息を吐き出し、一気に緊張がほぐれる。

伏見がちらっとこちらに視線を向けて言った。

「それで、彰人にも協力してもらえないかと思ってさ」

「うん」彰人は笑って即答した。「もちろん協力するよ。健くんに喜んでもらいたいし。どうする？　ケーキなら俺、作ってみたいものがあるんだよね。ちょっと健くんの誕生日用に考えてたのがあってさ」

運転席の方へ腰を捻って言うと、伏見が面食らったように笑った。

「そんなことまで考えてくれていたのか」

「それはまあ、せっかくの誕生日なんだし。俺にできることっていったら限られるしさ。高いプレゼントは買えないから」

「健はあまりオモチャとかは欲しがらないからな。その代わり、去年はデジカメをねだられた。あの中には銀次が詰まってるんだ。同じような写真ばっかり撮って何が楽しいんだか」

「あれって、去年の誕生日プレゼントだったんだ？」

健が愛用しているデジカメを思い出す。確かに、ほぼ銀次様専用だ。

「今年は何をねだるのかな？　健くんのリクエストがちょっと楽しみなんだけど」

わくわくしながら言うと、伏見が一瞬押し黙った。

「……今年は何だろうな」

前を向いたまま、意味深に微笑んだ。

〇〇〇

あっという間に十二月四日がやってきた。

健の誕生日を天も祝福してくれているかのように、高い空は青く澄み渡っていた。例年ならば冬らしい寒さが続く十二月。しかし今年は暖冬の影響で、まだ十一月上旬並みの暖かさだ。朝、布団から出るのもそこまで辛くない。

彰人はいそいそと起き出すと、さっそく誕生日パーティーの準備に取り掛かった。事務所へ出かけるのは伏見の連絡がきてからだ。午前中は依頼者との面談の予定が入っている。彰人は午後からの移動になるので、それまでにできるだけ自宅で準備を進めておく。

健の好きな鶏の唐揚げはタレに漬け込み、お稲荷《いなり》さん用の揚げを煮て、具材のレンコンや人参《にんじん》を刻む。ケーキのスポンジもいい具合に焼き上がった。仕上げは向こうでするようにして、崩れないようにケーキボックスに納める。大体の準備が整った頃、伏見から電話がかかってきた。

『もしもし、彰人？　これから健を連れて出かけるから。後は頼んだぞ』

「わかった。帰ってくる前にまた連絡をくれる？」

『おう、わかった。それじゃあな。健がウキウキして朝から大変だよ』

苦笑を漏らす伏見の言葉に、彰人も嬉しくなる。今日は主役の健のリクエストで、現在大型デパートで開催中の猫写真展に出かける予定になっているのだ。銀次様が特別なのかと思っていたら、どうやら健は猫全般が好きらしい。昨日から健は上機嫌だった。

――猫写真展だってさ。俺、一回行ってみたかったんだよね。アッキーは来れないんだっけ？　残念。一緒に行きたかったのにな……。

その間に彰人がパーティーの準備をする計画になっていたので、申し訳ないが今回は断らせてもらった。

――伏見さんと二人で遊びに出かけるのって、久しぶりなんだろ？　親子水入らずで楽しんできなよ。

彰人がそう言うと、健は少し複雑そうな顔をして唇を尖らせてみせた。何やらブツブツ言っていたが、照れ臭かったのだろう。せっかくの誕生日、存分に甘えてくればいいと思う。

伏見と健が出かけた後、彰人は一人で事務所に向かった。合鍵《あいかぎ》で中に入り、運び込んだ荷物をさっそく広げ始める。準備に取り掛かった。

料理を作りながら、合間に部屋の飾りつけも行う。飾りは伏見が用意してくれていた。あらかじめ聞いていた押入れの中から大きな袋を引っ張り出すと、なんとくす玉が入っていた。ちゃんと手作りだ。父の愛を感じて、彰人は一人でクスクスと笑う。その他にも幼稚園の頃に作ったような色紙の輪っかや、ペーパーの花飾りまである。

「健くん、愛されてるなあ」

健に見つからないよう、伏見がこそこそとこれらを作っている姿を想像すると、微笑ましくて仕方なかった。この家族はずっとこのままでいてほしい。もし壊すような人物が現れたら彰人は絶対にその人を許せないと思う。伏見と健には幸せでいてほしい。

部屋の飾りつけをしながら、そういえばと辺りを見回した。

「銀次様がいないな。散歩か？」

いくら猫展といっても、デパートには連れて行けないだろうから、彼は彼で出かけたのだろう。今日はいい天気だ。つい数日前にも銀次様のおかげで解決した家出猫捜索があったので、今日は銀次様用にもいろいろと用意をしているのだ。喜んでもらえると嬉しい。

ケーキのデコレーションも完成して、ほぼ準備は整った。部屋の飾りつけも完璧。

天井から吊《つ》るされたくす玉を健が引く瞬間を想像する。たくさんの紙ふぶきとともに【誕生日おめでとう】と書いた垂れ幕が落ちてくるのだろう。

その時、携帯電話が鳴った。伏見からだ。

「もしもし？　伏見さん？」

しかし、聞こえてきたのは彼の声ではなかった。

『アッキー？』

「た、健くん？」

予想外の主役の登場に、彰人はあたふたとした。

「どうしたの？　もう猫展は終わったの？　あれ、伏見さんは？」

『あのさ、アッキー……っ』

健の声がおかしい。酷く慌てたような口調に、彰人は瞬時に異変を悟った。

「健くん、どうした？　何かあったのか」

『父ちゃんがさ……』

「伏見さん？」

彰人は思わず携帯電話を握り締める。

「伏見さんがどうしたの？　健くん、落ち着いて。伏見さんに何かあったのか？」

『父ちゃんが大変なんだ。とにかくアッキー、すぐに来て！』

酷く取り乱している。理由がわからず、彰人も焦る。救急車を呼ぶべきか。だが、健はきっぱりとそれはいらないと言った。

『病気とか怪我《けが》とかじゃないから。でも父ちゃんが大変なんだ。とにかく、すぐにアッキーに会いたいって』

「わかった」

体に何か異変が起こったわけではないとわかり、少しホッとする。しかし緊急事態には変わりない。健が代わって電話をしてくるぐらいだ。伏見が手を離せない状況。

「今、どこ？」

健が口にした場所を聞いて驚いた。事務所の近所だった。そこまで戻ってきているのに呼び出されるとは、車に何かトラブルでも起きたのだろうか。

電話を切り、彰人はすぐさま事務所を飛び出した。心臓がざわざわと騒いでいる。コンクリート階段を一気に駆け下りて、外に出た。

呼び出されたのは近くの川に架かる橋の上だった。

全力疾走して辿り着いた橋には、だがしかし、伏見の車は見当たらない。

「あれ？　ここって言ってたのに」

彰人はキョロキョロと辺りを見渡した。欄干から身を乗り出し、川原の方も確認する。

『うなーん』

聞き覚えのある鳴き声がして、ハッと足元を見た。

「銀次様！」

白と黒のブチ模様がふてぶてしい伏見家の愛猫《あいびょう》がそこにいた。

「何でこんなところに……そうだ、健くんたちを見なかった？」

『ぶにゃ』

銀次様が顎《あご》を突き出してきた。見ると何かを銜えている。白い被毛と重なってすぐには気づかなかったが、封筒だ。

「何これ？」

『にゃうん』

「え？　読めって？」

『にゃ』

短く言われて、彰人は封筒を裏返す。貼《は》ってある猫シールは健のものだ。彰人は瞬き、急いで封を開けた。

中に入っていたのは一枚の紙。

【アッキーがマルを捕まえた場所へＧＯ】

健の筆跡で書かれたそれを見つめて、彰人はしばし固まった。

「……え？　どういうこと？」

『うなーら』

銀次様が顎をしゃくった。『ボケッとしてないで、さっさとついてこいよ』とでも言うように、踵を返す。歩き出した先は、以前に家出猫のマルを捕まえた空き家がある方面だ。わけがわからないまま、彰人は銀次様の後を追った。念のため、周辺に視線を走らせるものの、伏見の車が止まっている様子はない。

しばらく歩くと、空き家が見えてきた。銀次様について路地に入る。首を伸ばしてブロック塀の内側を覗くと、まだあのベニヤ板が置いてあった。マルを捕まえようと奮闘した場所だ。捕獲した途端に足場が傾き、倒れ込んだ彰人を伏見が守ってくれたのだった。膝枕《ひざまくら》までしてもらった思い出の場所。

『なうん』

銀次様が立ち止まり、くいっと頭上を仰いだ。釣られて彰人も横を向く。ブロック塀にビニルテープで封筒が貼り付けてあった。また猫シール。

彰人は封を開けて中の紙を取り出す。

【初めて三人でお風呂に入りました。さてどこだ？】

だんだんとこのシステムがわかってきた。彰人は健に一杯食わされたのだろう。

「銀次様、次は銭湯だよ」

『うなーら』

ここは特別思い出深い。彰人がはっきりと伏見への想いを自覚した場所。ただ風呂に入るだけでいろいろと大変だったのだ。

銭湯に到着すると、また封筒。

【父ちゃんが試食のしすぎで怒られた場所は？】

商店街の肉屋さん。新作コロッケだと試食をもらったはいいが、伏見が試食を超えて本気でガツガツと食べ始めたのだ。店の奥さんに「ちょっと、あんた！　昔からここぞとばかりに試食を食い尽くすところは変わんないね！　健ちゃんを見てごらん、行儀がいいのに」と怒られていた。健と顔を見合わせて大笑いしたのだ。

肉屋の奥さんに「預ってるよ」と封筒を渡された。

【ナオくんのお店に行ってみよう！】

浜田青果店へ。店先が妙にキラキラしていると思えば、野菜王子が奥様方の手を優しく取って、太くて瑞々《みずみず》しい大根を薦めていた。「あ、アッキー。待ってたよ」直衛がにっこりと微笑み、黄色い声が上がる。直衛からは封筒と一輪の薔薇《ばら》の花が渡される。なぜかぎゅっと手を握られて、「よろしくね」と言われた。

【アッキーがいつもおいしいゴハンを作ってくれる、俺たちのホームといえば？】

おそらく最後の指示だと思われるそれを見て、彰人は思わず頬を弛めた。

「銀次様、帰ろうか」

『なーう』

歩き慣れた道を銀次様と進む。ちょっとした思い出めぐりの旅だった。まだ知り合って二ヶ月ほど。それまでは駅に下り立ったこともなかったのに、こんなに二人との思い出がたくさん詰まった大切な町になっていたことに我ながら驚いた。

町内を回って事務所に戻ってくる。『にゃぶ』銀次様が顎をしゃくった。建物の入り口にも封筒。

【水希もアッキーに感謝しているよ】

「あ、もしかして水希くんも来てるのかな」

誕生日パーティーに誘ったのかもしれない。これは、彰人が戻ったらすでに健たちがスタンバイしているパターンの逆ドッキリだろうか？

内心わくわくしながら部屋に戻ったが、予想に反してシンと静まり返っていた。

「あれ？　誰もいない。まだ帰ってないのかな」

部屋の中は彰人が出た時のままだった。いや、一ヶ所だけ違う。彰人はソファの近くに歩み寄った。天井から吊るしてあるくす玉。引き手に封筒がくっついている。猫シール。

彰人は急いで封を開けた。

【引っ張ってください】

思わずくす玉を見上げる。手作り感満載のくす玉。彰人は怖々と紐《ひも》に手をかけた。思い切って引っ張る。

パカッとくす玉が割れて、ピンクの紙ふぶきが降ってきた。一緒に垂れ幕が下がる。

【屋上で待ってます。早く来てね！】

「屋上？」

急いで引き返し、靴を履いて玄関を出た。いつもは下にしか下りない階段を初めて上る。三階を通り越して更にその上へ。鉄扉《てつび》の前で、一足先に上がった銀次様が座って待っていた。銀次様の横に白い箱。【アッキーへ】と書いてある。一瞬躊躇って、箱を開けた。中から出てきたのは、真っ白なフリフリエプロン。

【これをつけてからドアを開けましょう】

注文の多い探偵事務所だ。

彰人は首を捻りながらも指示に従ってエプロンを身につける。ドアを押し開けた。

さすがにもうそこで二人が待っていると思ったのに、またも空振りだ。誰もいない屋上に銀次様と出ると、コンクリートの床に何かが点在しているのが目に入った。

一番近いところに落ちていたそれを拾う。写真だった。

銀次様のドアップに思わずぎょっとしてしまう。

「健くんのコレクション？」

次の写真には彰人がキッチンに立って料理している姿が写っていた。こんな写真をいつの間に撮っていたのだろう。次は健と銀次様がソファで寝転がっている写真。これは覚えがある。同じ格好で寝ている二人があまりにもかわいかったので、彰人がデジカメを拝借して撮ったのだ。伏見がＤＶＤを観ながら泣きじゃくっている写真。彰人と健と銀次様でプリンを囲んでいる写真。伏見と彰人が頭をつき合わせて地図を覗き込んでいる写真。洗濯物を干している彰人と手伝う健。これは伏見が撮ったものだろう。何があったのか、酷く嬉しそうに笑っている彰人。銀次様と睨み合う伏見。草野球の応援に行った時のもの。

最後の一枚は、みんなで一緒に夕飯を食べた時に撮った、あの写真だった。

一緒に置いてあった封筒を開ける。

【アッキーへ　アッキーのおかげで俺も父ちゃんも毎日健康的な生活を送っています。でもまだ足りないものがあります。後ろを見てください】

ハッと振り返る。

その時、屋上のドアの上から誰かが飛び降りてきた。

「――！」

ビクッとした彰人は目を瞠る。三メートルほどの上空から飛び降りてすぐに立ち上がったのは、伏見だった。その格好にぎょっとする。花婿のような真っ白のタキシード。

「……ど、どうしたんだよ、伏見さん」

呆気《あっけ》に取られると、伏見がゴホンと咳払いをした。

ゆっくりとこちらに向かって歩いてくる。彰人はしきりに目を瞬かせた。状況がまったく読めない。

「え？　何？」

目前に立った伏見が、真顔で彰人を見つめてきた。いよいよ混乱する彰人の前で、いきなり跪《ひざまず》いたのである。

「！」

ぽかんとする彰人を、伏見が真摯《しんし》な眼差しで見上げてきた。

そして、背中に隠し持っていたそれを差し出してくる。真っ赤な薔薇の花束だ。

「彰人」

伏見が言った。

「お前がうちに来てくれるようになってから、がさつだった俺たちの生活が規則正しく健康的になった。俺たち親子のために本気で怒ってくれて、涙まで流してくれる彰人のことを、俺も健も本当に大切に思っているんだ。俺たちはもう、彰人のことを家族だと思い込んでた。それなのに、彰人はいまだに俺たちに遠慮して、自分は蚊帳の外にいるみたいな顔をしてみせるから、ここではっきりさせておきたいんだよ」

「……っ」

彰人は面食らった。伏見が真っ直ぐに彰人の目を捉えて続ける。

「伏見家をパズルに譬《たと》えると、もう俺たちだけじゃ完成しない。ピースが足らないんだ。彰人がいて初めて俺たちは完成するんだよ。彰人がいなかったらパズルはぽっかりと穴があいたままで、何が描いてあるのかわからない」

「…………」

「彰人が洗濯バサミなら、俺たちは物干しにかかった洗濯物だ。風が吹いたら吹っ飛んじまってバラバラになる。彰人がイチゴなら、俺たちはクリームだけ塗りたくったショートケーキだ。見栄えが悪いし、ワクワク感がまったくない。な？　彰人がいないと俺たちはいつまでたっても未完成のままなんだよ」

独特の譬え話を織り交ぜて、伏見が懸命に訴える。自分で言っておきながら、わけがわからなくなってきたのか、途中で弱ったように頭を掻いた。ふうと一つ息をつき、「つまりは、何が言いたいのかっていうとだな」と上目遣いに彰人を見つめてくる。

「彰人に、俺たちの傍にいてほしいんだ。この先もずっと、一緒にいてほしい。俺たちにはお前が必要なんだよ。彰人、俺たちの家族になってくれ」

伏見が頭を下げて、大きな花束を差し出してきた。

彰人は一瞬、どうしていいのかわからなかった。白昼夢でも見ているかのような気分。それくらい、信じられない出来事だったからだ。伏見の格好からして非日常的だし、まさか彼からそんなふうに言ってもらえるとは夢にも思わず、半ば茫然としてしまう。

ふいに、拾い集めた写真が目の端に入った。まるで本当の家族みたいに三人と一匹が仲良く写っているそれを見た瞬間、胃の底からぐっと熱いものが込み上げてきた。熱の塊が一気に喉元まで押し寄せてくる。慌てて飲み下そうとして、なぜか涙腺が決壊する。視界が見る間に濡れた。

「……彰人？」

啜り泣く声を不審に思ったのか、伏見が恐る恐る頭を上げた。

「おい？　どうした」

おろおろと問われて、彰人は洟を啜って首を左右に振った。

「違うんだ。嬉しかったから……」

目元を擦《こす》って、水滴を拭《ぬぐ》う。

「凄く嬉しくて、自分でも何だかよくわかんないけど、涙が出てきた。だって、俺はどうやったって伏見さんや健くんの家族にはなれないんだって、自分に言い聞かせて諦《あきら》めたばかりだったからさ」

伏見が目を大きく瞠って押し黙る。すっくと立ち上がり、珍しく躊躇いがちに彰人の頭をぎこちなく撫でてきた。

「何で諦めるんだよ。俺たちはもうずっと受け入れ態勢でいたのに。俺も健も、家族になるならそれは彰人だけだって考えていたんだぞ」

そんな言葉を聞いてしまったら、また涙が溢れてきた。

伏見がふっと微笑む。いつもの優しい手付きで頭を撫でながら、ゆっくりと肩を引き寄せられる。包み込むようにして抱き締められた。

「彰人には俺たちの家族になって欲しい。そして――」

耳元で甘く囁《ささや》かれる。

「俺の生涯のパートナーになってくれないか？」

「――！」

ハッと顔を上げた。涙の膜越しに、伏見の端整な顔が映る。黙っていれば二枚目で、時々三枚目になる魅力的なその顔を、彰人は涙を拭って見つめた。

「俺、男だよ？　伏見さん、ソッチじゃなかっただろ？」

戸惑って問い返すと、伏見はあっけらかんと答えた。

「そんなことを言われてもな。好きになってしまったんだから仕方ない。俺は彰人と出会って恋に落ちる運命だったんだ」

小指を立てて、ニッと笑う。

「彰人の赤い糸は、俺と繋がっていたんだな」

「……っ」

思わず見開いた目からまた涙が零れそうになって、慌てて顔を背けた。

「……クサイセリフだなあ。まあ、伏見さんっぽいけど」

「クサイってなんだよ。大体、最初に俺にキスをしかけてきたのはお前なんだぞ。ちゃんと責任をとってくれ」

「え?」

彰人は濡れた睫毛を瞬かせて訊き返す。伏見がバツの悪そうな顔をして言った。

「一緒に飲んでうちに泊まったことがあっただろ? あの夜、酔っ払ったお前が俺にキスをしてきたんだよ。お前は覚えてないいんだろうけど。覚えてたら、翌朝にもっと別の反応があったはずだもんな」

拗ねた子どもみたいに唇を尖らせる。「おかげで俺だけドキドキさせられて、挙動不審状態だよ。お前はさ、はっきりと俺の名前を呼んでキスしてきたんだぞ? そりゃ勘違いもするだろ。もともといい子だなって思ってたんだ。意識しない方がおかしいだろうが」

むくれたように言われて、彰人は目を丸くした。

確かに、酔っ払って記憶が飛んでいる夜があった。みんなで銭湯に行ったあの日。伏見のことを意識しすぎた結果、つい飲みすぎてしまったのだ。あの後、何があったのか――……彰人はまったく覚えていない。まさか彰人の方から伏見に迫っていたとは、俄に信じられなかった。しかし、それでようやく合点がいった。翌朝からしばらくの間、伏見の様子がおかしかったのはそのせいだったのだ。

途端に、カアッと顔から火を吹いたみたいに熱くなった。彰人は慌てて赤面を伏せる。

「でも」

伏見が耳元に口を寄せて問いかけてきた。

「俺の勘違いじゃないよな？」

益々自分の頬が火照っていくのがわかった。ごくりと喉を鳴らして、答える。

「……か、勘違いじゃない」

伏見がホッとしたように息をついた。

「だったら、きちんと返事を聞かせてくれ」

促されて彰人はおずおずと目線を上げる。間近で視線が交錯した。胸がきゅんと高鳴る。

一度は閉ざしたはずの感情がどうしようもなく次々と溢れてきて、彰人は咄嗟に唇を噛み締めた。視界の端で、エプロンのフリルが風に翻《ひるがえ》る。もしかしたら、これは伏見のタキシードと対になっているのかもしれない。一瞬、エプロンが純白のドレスに見えた。

「……俺でよければ喜んで」

真っ赤な花束を受け取った。

伏見が目尻にくしゃりと皺を寄せて破顔する。

「よければじゃない。お前がいいんだ。彰人じゃなきゃダメなんだから」

囁くフリをして、耳元にチュッとキスをされた。カアッと耳の裏まで朱が広がっていく。

「クソッ、今はこれで我慢するしかないな……」

「え？」

その時、ひらひらと何かが舞い落ちてきた。

「アッキー！」

声は上から降ってくる。ハッと見上げると、先ほど伏見が飛び下りた場所から健が大きく手を振っていた。

「ようこそ、伏見家へ！」

パッと籠《かご》から景気よく撒《ま》いているのは、花ふぶき。水希も一緒だ。二人がピンクの花びらの雨を降らせる。ひらひらと彰人たちを祝福するように包み込む。

「……すごい」

彰人は満面の笑みを浮かべた。

伏見も見上げて、「なかなか綺麗だな」と目を細めている。

十二月の夕焼け空に、季節外れの花が咲いていた。


健の誕生日パーティーなのに、何だか彰人が主役を奪ってしまったみたいだった。

「あいつはまったく気にしてないだろ」

伏見が笑う。

「健もノリノリで今回のサプライズを計画してたんだからな」

「健くんはその……俺たちのこと、どんなふうに解釈してるのかな……？」

気になって訊ねると、伏見は軽く目を瞠ってみせた。

「実は俺のあの格好は健の見立てだ。彰人のエプロンもそうだし。ドレスみたいだからこれにしようってさ」

——父ちゃんを幸せにしてくれるのはさ、アッキーしかいないと思うんだよ。俺も銀次様も幸せになるし、あとはアッキーが幸せになれたら、それが一番だろ？

健は無邪気に笑って、そう言ったのだそうだ。彰人は胸が詰まるような気分になる。

「あいつのチェックがこれまた厳しいんだよ。アッキーにこれは似合わない、こっちはイメージじゃないとか。俺も貸衣装屋で何度ダメ出しを食らったことか。それに、健も結構な迫真の演技だっただろ？　父ちゃんが、父ちゃんが――って」

最後に関してだけは、複雑な心境だった。

「本当にびっくりしたんだからな。心臓に悪いから、ああいう冗談はもうやめてよ」

「ごめんごめん。悪かったよ」

伏見が彰人の頭を撫でながら謝ってくる。

すでに日は沈み、頭上は紺色の夜空が広がっている。健と水希の提案で、料理を屋上に運んでパーティーの続きをしているところだった。少し寒いが、子どもたちは楽しそうだ。健と水希はあれからも連絡を取り続けていて、今ではすっかり親友だ。銀次様も健の友人として水希を認めており、背中を撫でさせてやっている。

「凄い、このケーキ！　銀次様だよ」

健が喜んで写真を撮りまくっているのは、彰人が腕によりをかけて作った、特製銀次様ケーキである。スポンジもきちんとネコ形に切り抜いて、毛は生クリームとチョコクリーム。世の中を斜めに見ているような目も忠実に再現してある。

「彰人」

伏見が子どもたちを眺めながらふと言った。

「一つ頼みがあるんだが」

「うん？」

横を向くと、伏見が少し躊躇った後、口を開いた。

「お祖母様が彰人にくれた指輪、あれを俺にくれないか？」

びっくりした。

「え……でも、あれはお祖母ちゃんので、女性物だからさ」

祖母は好きな人ができたらあげなさいと言ってくれたが、彰人の相手が女性ではないこともきちんと理解してくれていた。だから、彰人は祖母が御守りとして自分にくれたものとして受け取っている。現に、彰人の指にすら頑張っても第二関節までしか入らないのだ。伏見の節張った指には到底無理だと思う。

「別に指に嵌《は》めてなくても構わないだろ？　俺が持っておきたいんだ」

静かな決意を込めたその言葉に、ぎゅっと心臓が鷲摑《わしづか》みにされたかのようだった。

「……うん。わかった。また今度、渡すから」

「おう、楽しみにしてる」

嬉しそうに笑う彼の顔を見て、また少し泣いてしまいそうになる。

——アキちゃんもいい人とめぐり会えますように。

祖母の言葉が蘇った。祖母が祖父の思い出を語ってくれたように、彰人も伏見の報告をしたいと思った。天国から見守ってくれているだろうか。お祖母ちゃん、俺にも大切な人ができたよ。大切な愛しい家族ができた。

「父ちゃん、花火してもいい？」

健が言った。夏の花火がまだ残っていたので、やりたいと持ち出したのは健だ。水希と一緒に袋をあけて、どれにしようかとはしゃいでいる。

伏見がロウソクに火をつけてやった。

「終わったヤツは、このバケツの中に入れるんだぞ」

「ハーイ！」

二人がよい子の返事をして、さっそく花火をロウソクに近づける。

シュウッと手持ち花火が噴き出した。

「冬の花火もいいよね。綺麗」

「そうだな」

戻ってきた伏見も目を細めて花火を眺めている。

二人の花火が同時にシュウッと勢いよく光を放った。銀次様も興味津々の様子で、少し離れたベンチから眺めている。子どもたちの楽しそうなはしゃぎ声。

「彰人」

「え？」

花火から視線を引き寄せた途端、伏見に唇を掠めとられた。一瞬のことで、目をぱちくりとさせる。

「び、びっくりした。急に、何するんだよ」

「急にしたくなったんだよ」

伏見が飄々《ひょうひょう》と言ってのけた。

「……っ、あの子たちがいるのに」

「大丈夫。花火に夢中だから」

袖《そで》を引かれる。振り返ると伏見が小さく手招きした。にやけそうになりながら、いそいそと近付く。屋上の手すりにもたれかかるようにして身を寄せ合う。

「彰人、好きだよ」

「……俺も。伏見さんのこと、好きだよ」

「これからも健ともどもよろしくな」

「こちらこそ、末永くよろしくね」

くすぐったい気持ちで笑い合う。夜に隠れて、そっとキスを交わした。

パパ探偵の薔薇色の日々

「健《たける》くん、パンツはちゃんと入れた？」

彰人《あきと》の言葉に、健が少々うんざりとしたように答えた。

「入れたよ。もう大丈夫だって。さっきも確認したじゃん」

「さっき確認したのは靴下だろ？　もう一足、入れとく？　濡《ぬ》れたら替えがないと困るし」

「ええー、もう十分だよ。鞄《かばん》がパンパンになっちゃうって」

健が急いでボストンバッグを彰人から遠ざけた。明日から健は小学校の課外授業で二泊三日のスキー教室に出かけるのだ。健の通う学校では、生徒が泊まりがけで出かけるのは四年生のスキー教室が初めてになる。五年生になると林間学校や登山教室、六年生では修学旅行が控えているそうで、スキー教室は四年生以上の学年が全員参加。年が明けた辺りから健はうきうきしていたので、彰人としても十分に楽しんできて欲しいところだ。

「雪山は危ないからな」

浮かれる健にきちんと言い聞かせる。

「絶対に一人で行動しちゃダメだぞ。みんなからはぐれないようにしないと……」

「わかってるって。もー、アッキーは相変わらず心配性なんだから」

通りかかった銀次《ぎんじ》様を抱き上げて、健がぼやいた。

「俺よりもさ、父ちゃんのことを心配してよ。俺は三日間いないんだから、父ちゃんのことはアッキーに頼んだ。明日の出張はアッキーもついていくんだろ？」

「ああ、うん」

彰人は頷く。ある女性から依頼を受けたのだ。

――最近、主人の行動が怪しいんです。何やらこそこそしているし、急に出張が多くなったので、浮気をしていないか調べていただけませんか。

件のターゲットは明日も出張が入り、現地で一泊する予定だと、依頼者から報告が届いたのだ。それにともない、伏見と彰人も尾行することが決まった。

「銀次様のことが心配だったけど、水希《みずき》くんが面倒を見てくれるみたいだし」

水希が通う隣町の小学校では、スキー教室の参加は五年生以上なのだという。健を羨《うらや》ましがっていたそうだ。

「うん」と、健が銀次様を撫《な》でながら言った。

「今、お父さんとお母さんと三人で一緒に暮らしてるんだけど、水希が猫を飼いたいって頼んだら、お父さんがいいよって言ってくれたんだって。それで、銀次様で猫を飼う練習がしたいんだってさ」

「へえ、そうなんだ？」

家族仲が良好のようで安心した。今夜、健は伏見と一緒に銀次様を水希のところへ預けに行く約束をしているらしい。

「だから、銀次様の心配はしなくても大丈夫。アッキーは父ちゃんの心配だけしててくればいいから。寝坊して電車に乗り遅れないようにしないと。アッキー、ちゃんと迎えに来てよ。父ちゃん、時々目覚ましを止めて二度寝することがあるから。俺が出かけた後にまた寝る可能性もあるからなあ。アッキー、そろそろうちに引っ越してきたらいいのに」

健が不満そうに唇を尖《とが》らせた。彰人は「うっ」と返事に詰まる。

「で、でも俺、まだ学生だから、さ。大学も向こうからの方が近いし……」

自分でも苦しい言い訳になってしまったが、健は「そうだよなあ」と、納得したように頷《うなず》く。今も入り浸っている状態なので大して変わらないと思うのだが、健に言わせると朝のお味噌汁《みそしる》があるのとないのとではえらい違いなのだそうだ。「朝起きて、すぐにおはようって言いたいじゃん。家族なんだし」

ちょっと大人びた小学四年生は、彰人の涙腺《るいせん》をいちいち刺激してくる。

「お土産買ってくるから。アッキー、父ちゃんのことをよろしくお願いします」

健は礼儀正しく頭を下げて、翌朝、待ちに待ったスキー教室へ出かけていった。

■□■

「――何？　健が俺のことをそんなふうに言っていたのか？　おいおい、どれだけ信用がないんだよ……」

新幹線の中で伏見《ふしみ》ががっくりと項垂《うなだ》れた。

「信用という面では、俺もちょっと揺らぎ始めてる」

彰人はぶすっとむくれながら、自分を見下ろした。

「こんな格好をするなんて、聞いていない」

ワンピースにブーツ。今は脱いでいるが、外ではこの上にコートを羽織っていた。すべて女性物だ。頭にはウィッグ、顔には化粧。今朝、約束の時間より一時間も早く事務所に来るように言われたので指示に従えば、そこには水希の母親である響子《きょうこ》が待ち構えていた。伏見が見守る中、わけもわからないまま身包《みぐる》みを剝《は》がされてこんな格好にされたのである。

「仕方ないだろ」

伏見がにやにやと女装姿の彰人を眺めながら言った。

「昨日も北垣《きたがき》を見張ってたら、電話の相手とこんな話をしだしたんだからさ」

北垣というのが今回のターゲットだ。四十三歳、会社員。伏見がスーツのポケットから折り畳んだリーフレットを取り出す。水族館の広告だが、そこには【カップル限定イベント開催中】と書いてあった。ちなみに、同じ車両に北垣とその不倫相手の女性も乗っている。

「二人でここに行く予定みたいだぞ。そうなったら、俺たちも男女カップルの方が目立たないし、何かと行動しやすいだろ？」

「……そうかもしれないけどさ」

「俺が女装してもいいけど、それだといろんな意味で目立って仕事にならないからな。その点、彰人ならもとがいいから全然違和感がない」

にっと笑った伏見が、「それにしても」と、彰人をしげしげと見つめてくる。

「ある程度、予想はしてたけど。凄い化けっぷりだよなあ。普通にかわいいぞ」

「……っ」

彰人は大いに狼狽《うろた》えた。情けないやら恥ずかしいやらで顔が一気に熱くなる。

「何だよ、照れちゃって。かわいいなあ。あーあ、これが仕事じゃなかったらなあ」

「し、仕事じゃないなら、こんな格好は絶対にしないよ」

益々《ますます》顔を赤らめて、ふいっと窓の外に視線を向けた。彰人はゲイだが、女装家ではない。こんな格好をしたのは初めてだ。

伏見がくつくつと喉を鳴らしながら、ぽんぽんと頭を撫でてくる。

「仕事だから、今日は我慢してくれ」

「……わかってるよ」

ちらっと振り返ると、愛《いと》しいものを愛《め》でるような酷く優しい目をした伏見と視線が交錯する。不本意ながらドキッとしてしまった。

自分たちも傍《はた》から見れば、どこにでもいるようなカップルだと思われているのだろうか。こんな格好をしているから余計だろうなと思いつつ、嬉しいような、何だか釈然としないような複雑な気分になる。男同士で並んで歩いていたら、やはり自分はまだ子どもで、伏見に釣り合うような大人の男にはほど遠い。スーツを着たところで、伏見みたいにピシッと決まらないし、仕事も半人前。頼れる相棒というわけにはいかないだろう。伏見と恋人同士になって、健と家族になれただけでもすごく嬉しいのに、更に欲張ってしまう自分がいる。

通路を挟んで隣の席に、学生服を着た男の子が座っていた。手には参考書。物凄い集中力でブツブツと何やら唱えている。そういえば受験シーズンだ。彰人の通う大学は公立なので二次試験は二月だが、私立大学の一部ではすでに入試が実施されたところもある。受験生だった二年前の自分を思い出して、現役の彼に頑張れと心の中でエールを送った。

当時の自分はとにかく大学に受かって実家を離れたい一心だったが、今はもう次の段階に差し掛かっている。将来の自分。思い描く理想はぼんやりとあるのだけれど、それを実現しようと思えばまだまだ自分には何もかもが足りない。

――俺も、頑張らないとな。

彰人はちらっと左隣を盗み見た。

二人きりで初めての旅行だとか、そんなことに浮かれている場合じゃない。初めて出張に同行させてもらえるのだ。少しは役に立つところを見せたい。よしと、ピシャリと頬を叩いて気を引き締める。認めてもらえるように。ずっと伏見の傍にいられるように。

「うおっ、いきなりどうした」

ビクッとした伏見が冷凍みかんを落としかけてわたわたと焦っていた。


二時間ほどで目的地に到着すると、北垣は不倫相手の女性と腕を組みながら楽しく観光を始めてしまった。

女性の名前は国原静花《くにはらしずか》。北垣と同じ会社で働く事務員、二十四歳。パッと見た感じではかわいらしい印象を受けたが、目の辺りなどはかなり化粧で作り込まれているのが窺《うかが》える。服装は大学でもよく見かけるイマドキのファッションで、今の彰人とそう変わらなかった。

レストランで食事をして、周辺のブランドショップをはしごする。彰人と伏見も二人の後をつけて同じコースを辿《たど》った。途中途中で写真を撮り、時間と場所を記録していく。

シティホテルにチェックインすると、彰人と伏見はエレベーターの階数表示から後を追い、再び二人が部屋から出てくるのを廊下で待った。伏見が携帯電話で話している間も、彰人は不自然に映らないように周囲に視線を走らせる。しばらくして彼らが姿を現した。素早く部屋番号を確認。二人とは別のエレベーターに乗って時間差で一階まで降りると、ロビーを歩く彼らの姿を発見する。怪しまれないように彰人も伏見と腕を組んで後を追った。

そろそろ五時になろうかという頃。タクシーに乗り込む二人を確認して、彰人たちも後続のタクシーに乗り込む。時間的にも、これから水族館へ向かうのだろう。巨大複合施設の中にあり、周辺にはレストラン街やショッピングモールも併設されているらしい。新幹線の中ですでに施設内と周辺の地図は入念に確認済みだ。

予想通り、二人の乗ったタクシーは複合施設に止まった。彰人たちもタクシーを降りる。デートを楽しむ二人の様子を眺めながら、彰人はどうしても醒《さ》めた目で見てしまう自分を抑えられなかった。奥さんがいるのに、なぜ浮気をするのだろう。北垣には中学生になる子どもが二人もいるのだ。奥さんや子どものことは考えないのだろうか。

彰人もかつて恋人に浮気をされた経験があるので、北垣の心理が理解できなかった。男は浮気をするイキモノだとよく言われるが、彰人に関して言えば、絶対にそんなことはないと断言できる。特定の恋人がいるのに、他に目が向くわけがない。相思相愛の相手がたった一人いればそれで幸せだ。

伏見はどうだろうか。隠し子騒動で一度は疑ってしまったものの、彰人が知る限り情に厚くて誠実な男だ。彰人のことを大切に想ってくれているし、そういう心配はないと信じている。付き合って一ヵ月半が過ぎたが、なかなか恋人としての関係が進展しないのは、伏見が健のことやこれからの三人のことを真剣に考えているからだ。彰人だって、健の前で甘やかしたりイチャイチャしたりしてほしいわけではない。むしろ、伏見が健を甘やかしているのを見るのが好きだ。彰人だって健を甘やかしたいし、自分たちには自分たちに合った愛の育み方があるのだろうと思う。過去の恋愛が体から始まるものだったので、あまりにも求められないと焦りを覚えてしまう自分がいないこともないのだが、しかし伏見は彰人と違ってもとは異性愛者なのだ。そういう点でも、いろいろと葛藤があるに違いなかった。

食事をした後、いよいよ水族館へ向かう。この時期、午後七時以降はカップル限定となっており、どこもかしこもイチャついていた。

入館口が近付くにつれて、緊張してきた。今日一日この格好で通してきたが、本当に大丈夫か心配になる。男だとバレないだろうか。そわそわしていると、突然ぎゅっと手を握られた。ぎょっとして見ると、いつの間にか伏見と仲良く手を繋《つな》いでいる。

「ふっ、伏見さん……手……っ」

「何だよ？」

伏見が不思議そうに首を傾《かし》げた。

「これくらいカップルなんだから普通だろ」

妙に楽しげに言って、いそいそと指まで絡めてくる。寒い中、カアッと頬《ほお》が火照《ほて》っていくのが自分でもわかった。彰人たちを挟んで前後のカップルも手を繋いでいて、これは仕事だと懸命に言い聞かせる。手を繋がないとかえって不自然に思われてしまうような、そんないたたまれない空気が流れていた。やがてカップル特典のハートを銜《くわ》えたペンギンのリストバンドを渡される。伏見が嬉《うれ》しそうに嵌《は》めているのを見て、彰人も慌てて右に倣《なら》った。

仕事とわかっているのに、妙に甘ったるい気分にときめいてしまう自分がいて戸惑う。伏見はこういうことは平気なのだろうか。ちらっと横目に窺うと、伏見は平然とした顔で彰人と手を繋いでいる。あくまで今はターゲットの尾行中。こんなことでいちいち中学生みたいに動揺する方がおかしいのだ。今日のこれはデートではないということ。彰人はまだまだそのあたりの意識が足りない。

館内は当たり前だがカップルだらけだった。昼間とは少し照明を変えて雰囲気を出しているらしい。

北垣たちも仲睦《なかむつ》まじく手を繋いで、楽しそうに館内を回っていた。彰人と伏見も水中生物を眺めながら彼らの後を追い駆ける。撮影が許可されている場所では、水槽の中を写すフリをして二人を写真に収めた。

イルカの水槽の前に差し掛かった時だった。

「このイルカは恋のキューピッドとして知られています。彼が見ている間にキスをすると永遠の愛が約束されるそうです。是非、彼が近付いてきたら皆様も愛を誓い合って下さい」

スタッフの言葉に、周囲が色めき立った。

なるほど、と彰人は合点がいった。カップルイベントの目玉はおそらくこれだろう。水槽の中で飼育員が何か合図を送っている。すると、イルカがこちらへ近付いてきた。

その途端、隣のカップルがいきなりキスをし始めて、彰人はギョッとした。慌てて目を逸らすが、どこを見てもキス、キス、キス。

「彰人」

ハッと横を見ると、伏見がいきなり抱きついてきた。

「ふっ」彰人は焦って声を裏返す。「ふふふ伏見さん⁉」

伏見が耳元で囁《ささや》いた。「少しの間、この状態のまま動かないでくれ。写真を撮るから」

彰人は目をぱちくりとさせて固まった。伏見が彰人のウィッグを隠れ蓑《みの》にして北垣と静花の写真を撮り始める。しばし茫然となる。——何だ、写真かよ。内心で笑いを堪《こら》えながらホッと胸を撫で下ろす。とんだ自意識過剰だ。彰人は拍子抜けしてしまった。

「——…伏見さん、写真は撮れた？」

「ああ、バッチリ」

伏見に見せてもらうと、決定的瞬間が写っていた。これを依頼者に見せたら、間違いなく修羅場になるだろう。

「あ、二人が移動する。伏見さん、行こう」

「その前に」

伏見が彰人の腕を引いた。こちらに向かって泳いでくるイルカの顔が視界の端を掠《かす》める。

そう思った次の瞬間、唇を塞《ふさ》がれた。

伏見が名残惜《なごり》しそうにキスを解く。

「これで俺たちの愛も永遠が約束されたな」

「――！」

目を丸くすると、伏見が嬉しそうに微笑《ほほえ》んで、もう一度掠め取るようにキスを落とした。

「こんなことなら、プライベートでイルカさんのところに来たかったたな」と、彰人の耳元で囁いてくる。ボンッと顔から火が噴き出したかと思うほど熱が耳まで広がった。薄暗い館内でよかった。どうしようもなく真っ赤に染まっているだろう自分の顔を想像すると脳が煮え滾《たぎ》る。現地に到着してからの伏見は、ずっとプロの探偵として、彰人に写真の撮り方やターゲットのチェック項目を丁寧にレクチャーしながら尾行を続けてきたのだ。それがここにきて急に素に戻るからびっくりしてしまった。

「彰人、行くぞ」

当たり前のように手を繋がれる。きゅんとうっかりときめいてしまう。ダメだ、平常心！

仕事中、仕事中――と、頭の中で何度も唱えながら、ターゲットの後を追った。

水族館を堪能した北垣と静花は、再びタクシーに乗り込みホテルへ戻った。

伏見と彰人はラウンジに座って待つ。しばらくして、一人の女性がエントランスに入って来た。カツカツとブーツの踵《かかと》を鳴らして近付いてくる四十代の中年女性。北垣の妻である。

彼女は伏見の姿を見つけると、一直線にやってきた。

「連絡をどうもありがとう。写真を見せてもらえるかしら」

苛々《いらいら》とした口調で言って、ソファに腰を下ろす。伏見が先ほどコンビニのコピー機で急いでプリントアウトした写真を渡す。三十枚ほどの写真を無言で確認していた彼女が、ある写真を見て血相を変えた。水族館でのキス写真だ。

「よくわかりました。このメモが部屋番号ですね？」

「はい」と、伏見が答える。

彼女が写真を鞄にしまい、立ち上がった。「ありがとうございました。これまでの依頼料はどうすれば？」

「後日、請求書を送らせていただきますので、銀行振り込みでお願いします」

「わかりました。それでは、後はこちらで処理しますので」

彼女は淡々とした様子で会釈をして、カツカツと去っていく。外ではなく、エレベーターに向かう後ろ姿を見送りながら、彰人は思わずぞくっと背筋を震わせた。この後の修羅場は必至だ。

「彰人、行くぞ」

すでに立ち上がった伏見が促してきた。

「あ、うん」

彰人も慌てて腰を上げる。伏見は何事も無かったかのように歩き出す。まだ動揺している彰人に比べて、きちんと割り切って仕事をしている伏見のこういうところはとてもドライだと思う。いちいち感情移入していたら、とてもではないがこんな仕事はやってられないだろう。家出猫の捜索では見ることのできない伏見の仕事ぶり。熱血に走り回る一方で、冷静な判断と適切な対応で依頼主の要望に応える彼に少しでも近付きたいと思った。

早く仕事の手順を覚えて一人前になりたい。彰人が戦力として加われば、もっと効率がよくなるはずだ。伏見の助手として、今は勉強しなければいけないことが山ほどある。

外に出ると、雪がちらついていた。

「うわっ、寒っ」

思わず自分の体を抱き締める。

「大丈夫か？　その格好じゃ、冷えるよな」

伏見が申し訳なさそうに彰人の肩を抱き寄せてきた。それだけでふわっと体温が一度は上がる。人目を気にせず寄り添える心地よさ。たまには女装をするのも悪くはないなと思ってしまった。

「……まさか、奥さんが乗り込んでくるとは思わなかったな」

伏見に寄りかかるようにして歩きながら、彰人はぽつりと呟いた。

依頼者側から捜査の強制終了の申し入れがあったので、今回の仕事はこれで終わりだ。当初は、ターゲットが帰宅するまで尾行を続ける予定だったため、スケジュールが大幅に短縮されてしまった。この時間ならまだ終電に十分間に合う。経費削減でとんぼ返りだろう。知らない土地に来て、何となくこのまま帰ることに後ろ髪を引かれる思いもあったが、まあそっちは仕方ない。尾行のノウハウについて今日実践で学んだことは大きかった。

「そうだな」伏見が苦笑した。「ホテルがわかったら教えてほしいとは言われてたけど、それからすぐにこっちに飛んで来るとはなあ」

「何で奥さんがいるのに、浮気なんてするんだろう。俺にはさっぱりわかんない」

ため息混じりに嘆く。伏見がちらっと横目に彰人を見て言った。

「俺だってわからないさ。少なくとも俺は、自分の愛する人が傍にいてくれるならその幸せを手放したくない。絶対にその人を悲しませるようなことはしないけどな」

俯けていた顔を上げると、伏見が真面目な表情をして見つめてきた。

「だから、俺のことは信じていいぞ。彰人を裏切らない自信があるから」

「――!」

思わず、伏見を凝視してしまう。彼はニッと笑った。

「何か怪しいと思ったら、いくらでも尾行してくれ。この前の隠し子疑惑の時みたいに」

「うっ」彰人はあたふたとする。「あ、あれはだから、悪かったって。もうしないよ。伏見さんのことは信じてるし」

「そりゃよかった。俺も彰人のことを信じてるから。プライベートでも仕事でも。大切なパートナーだと思ってる」

胸が苦しいほどに詰まる。これ以上ないくらい、凄《すご》く嬉しい言葉だった。

「ちょっと、待って。俺、伏見さんに渡したい物があって……」

彰人は立ち止まり、急いで鞄の中を探った。伏見が不思議そうに見ている。早くそうしようと思っていたのになかなかタイミングが合わず、ずっと渡しそびれていた物だった。今日こそはきちんと渡そうと、昨日から準備していたのだ。

小さな巾着《きんちゃく》を取り出す。紐《ひも》を解《ほど》き、手のひらに中身を落とした。

「これ、伏見さんと約束していた指輪。指には嵌《は》まらないから、チェーンを付けてみたんだけど……」

伏見が面食らったような顔をして大きく目を瞠《みは》った。無言で差し出された手に、チェーンを通した女性物の指輪をのせる。

「俺も、伏見さんのこと、大切なパートナーだと思ってるから。この指輪に誓って、公私共に。俺、仕事でももっと伏見さんの役に立てるように頑張るよ。今日は俺も一緒に同行させてくれてありがとう。すごく勉強になった」

ハッと伏見が顔を上げる。彰人と視線を交わし、再びじっと手のひらを見つめると、ぎゅっと指輪を握り締めた。

「ありがとう、彰人」

ふわっと長い両腕が包み込むようにして抱き締めてきた。

「彰人もこの指輪も大切にする。約束するからな」

「……うん」

おずおずと手を伸ばし、伏見の広い背中を抱き締める。ぼんやりと明るい紺色の空から雪がはらはらと降ってくる。僅《わず》かの間、伏見の肩に留まり、やがて溶けて消えた。事務所の屋上で見た、ピンク色の花吹雪を思い出す。また一歩、家族に近づけたような気がする。

ふいに、通りがかった中年男性と目が合った。二人だけの世界から一気に現実に引き戻されて、彰人は慌てて伏見から離れようと腕を突っ張る。

「ふ、伏見さん、みんなが見てる。早く、帰ろう。新幹線、まだ間に合うから」

「……帰らない」

「え？」

彰人をきつく抱き締めたまま、伏見が耳元で囁いた。

「今夜は彰人とずっと一緒にいたい。離れたくない」

熱っぽく懇願され、最後はねだるようにして訊かれた。「嫌か？」

「……っ」

それがどういう問いかけなのか、彰人もわからないほど無知ではない。はしたない自分を見せたくなくて、無理やり抑え込んでいた衝動が胃の底から迫り上がってくる。伏見も同じ気持ちを抱えていたのだと知った瞬間、膨れ上がった欲望が弾けたような気がした。

「……嫌じゃ、ない」

彰人は伏見の胸元に顔を埋めて、熱い吐息混じりの声で答えた。

手を繋いで歩き、目についたホテルにチェックインする。男同士だといちいち気を使う場面でも、男女カップルなら特に問題はなかった。寄り添ってエレベーターに乗り込む。部屋に入った途端、壁に押しやられて激しい口づけを交わした。

歯列を割り、性急な動きで舌が差し込まれる。弱い口蓋《こうがい》をくすぐられて、彰人はビクッと体を震わせた。

キス自体は何度もしている。今日だって、水族館でされたばかりだ。だが、こんなに性的な意味合いを持った伏見のキスは初めてだった。

事情が事情なので、互いに自制していた部分は否めない。彰人だって伏見に触れたいと思ったことは何度もあったが、さすがに健を間に挟んでそこまで節操のない行動は取れなかった。それでもいいと思っていた。今の生活が十分に幸せだからだ。

とはいえ、体の疼《うず》きは隠しきれない。

伏見に煽《あお》られて、一度火がついてしまった体はもう我慢がきかない状態だ。限界だった。

今まで見て見ぬフリをしていた情欲が堰《せき》を切って溢《あふ》れ出す。

「……んっ……はっ……んん、んぅ」

短い呼吸までも惜しむようにして、互いの唇を貪《むさぼ》り合った。舌を差し出し、擦《こす》り合わせて絡ませる。優しく頬肉をつつかれたかと思うと、快楽に震える舌を捕らわれた。扱《しご》くようにして引《ひ》き摺《ず》り出し、更に奥深くまで熱い舌先で舐《な》められる。苦しいが気持ちいい。矛盾した自分の感情に衝《つ》き動かされるようにして、彰人は腕を伸ばした。伏見の太い首を抱き寄せて更に口づけを深める。

まるで腹をすかせた獣が獲物に咬《か》みつくみたいな貪欲《どんよく》で荒々しいキス。器用に動き回る男の舌が激しく口腔《こうこう》を掻《か》き回す。いやらしく官能を刺激されて眩暈《めまい》がした。痺《しび》れるような甘い熱が全身に回る。こんな体の内側からじゅくじゅくととろかされるようなキスは初めての経験だった。大人の余裕を見せつけられる一方で、どこか切羽詰まったようなアンバランスな獰猛《どうもう》さにゾクゾクッと背筋が戦慄《わなな》く。伏見が彰人の腰に腕を回し、ぐっと力強く抱き寄せてきた。喘《あえ》ぐ彰人の舌を根元からきつく吸い上げる。

ビリッと強烈な快感が脳天まで貫いた。

「んんっ！」

何度も何度も角度を変えて舌が差し入れられる。飲み込みきれない唾液が口の端からとろとろと滴《したた》り落ちて、顎《あご》から首筋にまで伝う。膝《ひざ》がガクガクと震えて今にも頽《くずお》れてしまいそうだった。伏見に支えられてどうにか立っている状態だ。

「……ふ、伏見さ……っ、ちょっと、待って……この化粧とか、ウィッグ、取りたい……」

力の入らない両手で分厚い胸板を押し返す。ようやく唇を離した伏見が、息を乱しながら少々バツが悪そうに眉《まゆ》を寄せて頷いた。「そうだな。こういうのはまた今度だな。いつもの彰人に戻ってくれ」

彰人はもたつく手で、響子が持たせてくれたメイク落としシートを鞄から取り出す。部屋の鏡を覗《のぞ》くと、熱に潤んだ目とべっとりと唾液で濡《ぬ》れた唇が映っていた。あられもない自分の姿にカアッと頬を熱くして、咄嗟《とっさ》に鏡から目を逸らす。

「彰人」

ふいに背後から抱き締められた。

「俺がやってやる」

「あ、えっ」

足が床を離れる。いきなり横抱きにされてびっくりする彰人を、伏見はベッドに連れていった。ゆっくりと座らされて、スプリングのきいたクイーンサイズのベッドが僅かに沈む。

向かい合うように伏見が腰を下ろし、彰人の手からシートを奪った。

「ほら、目を閉じていろ」

「……っ」

ぎゅっと目を閉じる。クレンジング液を染み込ませた冷たいシートが肌を滑っていく。薄い瞼《まぶた》の上、重たい睫毛《まつげ》。鼻や頬を拭き取り、唇を優しく押さえるようにして拭《ぬぐ》われた。先ほど直《じか》に触れられた唇がまだじんじんと熱をもっている。とろとろと奥深くを炙《あぶ》られるような体の疼きに耐えつつ、彰人はおとなしく拭き終わるのを待った。

「……よし。これでいいだろ」

伏見の声がした。「待ってろ、頭も取ってやるから」装着していたウィッグが外される。「いいぞ」と言われて、彰人はおずおずと目を開けた。

「やっぱり、こっちの方がいいな」

すっきりした彰人の頬に手を添わせて伏見が微笑んだ。その途端、一旦納まっていた官能がぶりかえしてくる。物欲しそうな目で伏見を見つめた。一瞬、沈黙が落ちる。空気が密になるのが肌でわかった。伏見の表情から余裕が消える。

次の瞬間、唇を塞がれた。

「……んっ」

舌を差し出し、きつく絡め合う。キスをしながら互いの服を脱がせ合った。女性物のワンピースは勝手がわからず戸惑ったが、伏見に手伝ってもらって身を捩《よじ》るようにしながら脱ぎ捨てる。伏見も急いで自分のシャツのボタンを外す。下着まですべて脱いだ彰人は彼のスーツのズボンに手をかけて、熱に浮かされるようにしてベルトのバックルを外した。前立てを寛がせる。伏見が一度ベッドから下り、ズボンを脱ぎ捨てる。下着も取り払った。無駄の無い引き締まった裸体が晒《さら》される。すでに反り返った雄の大きさに圧倒された。彰人は思わずごくりと喉《のど》を鳴らす。

細身の自分のものとは比べものにならない。見るからにずっしりと重量があり、太さと長さも人並み以上。先端にはすでに滲《にじ》むものも見られて、脈々と血管が浮き出ている。

伏見がベッドに乗り上げてきた。彰人は無意識に膝をついて、彼の股間に顔を埋《うず》める。

「おい、彰人……っ」

大きくて立派な雄の先端にそっと舌を伸ばした。青臭い味が口内に広がる。

伏見の体液を啜《すす》るように唇を押し当てて、それから大きく口を開いた。張り出した亀頭を一気に銜える。じゅぶじゅぶと音を立てながら屹立《きつりつ》を奥深くまで飲み込んでいく。

「……ふ……くっ」

伏見が掠れた声で呻《うめ》いた。その色香の滴る喘ぎに益々欲望を煽られて、彰人は懸命に奉仕する。十分に大きいのに、彰人の口の中で更に育つ伏見の情欲に驚かされた。

口淫を続けながら、我慢できずに自分の勃起に手を伸ばす。我ながら痛いほど膨れ上がっている。顎の疲れを押して必死に舌を動かした。腰が揺れて切なくて仕方ない。

「……慣れてるんだな」

頭上で小さく喘ぎながら、ぼそっと伏見が言った。

「あまり過去の男の影を見せつけられるのも気分がいいもんじゃない。妬《や》けるだろうが」

「――ふあっ」

突然、肩を摑《つか》まれて起こされた。口からべっとりと唾液に塗《まみ》れた伏見が引きずり出される。

「してもらうばかりなのも悪いしな。俺にもやらせてくれよ」

「え？」

陶然としている彰人の体を抱き上げると、伏見が素早く体勢を入れ替えてきた。自分が下になり、腹の上に彰人を跨《また》がらせる。だが彰人は伏見に背中を向ける格好だ。

軽く腰を引っ張られた。

「！」

慌てて両手を屈強な腹筋についた。四つん這《ば》いになり、伏見の眼前に剝《む》き出《だ》しの股間を晒す。彰人の前には力強くそそり立った劣情。

背後で伏見の手が動いた。薄い尻臀《しりたぶ》を揉《も》みながら、ぐっと親指で狭間《はざま》を押し開いてくる。

「あっ」

硬く閉じていた窄《すぼ》まりにぬるりとした感触が触れた。

「――…やっ」

ギョッとして思わず彰人は腰を引く。そんなところを伏見に舐められたのだと知ると、激しい羞恥に襲われた。だが、伏見は再び熱い舌を後孔へ押し当ててくる。

「っ、ダ、ダメだって、伏見さん……ふっ、そこ、汚いから」

「汚くないだろ。今までだって舐めてもらってたんだろ？」

伏見の声がやや意地の悪い響きを孕《はら》んで聞こえた。

「ち、違っ」彰人は懸命に首を左右に振った。「そこを舐めてもらったことなんて、一度もない……いつも、自分でほぐしてたし……だから、ホントにやめて……ン、あっ、んんぅ」

やめて欲しいと懇願するも、伏見の舌の動きは益々加速するばかりだった。強引に尻肉を割られて、襞《ひだ》を押し開くようにして舌がうねうねと中まで侵入してくる。

肉厚の舌を抜き挿しされて、ぞくぞくっと背筋を寒気に似た快感が駆け上ってきた。逞《たくま》しい腹筋に頬を埋めて、ガクガクと震えながら背を弓形にする。

「……あ……あぁ……も、もう、いいから、伏見さん、離して」

汗ばんだ男の腹筋にカリッと爪《つめ》を立てた。

「伏見さんの、欲しい……お願い……舌じゃなくて、伏見さんのこれ、入れて……っ」

視界の端で揺れる隆々とした勃起に手を伸ばす。火傷《やけど》するほど熱く膨れたそこに指先が触れると、ビクッと伏見が胴震いした。

「――清潔そうな顔からは想像がつかないほど、随分といやらしい体をしているもんだな」

「あっ」

急に伏見が起き上がり、彰人は頭から突っ込みそうになった。すかさず伏見の腕が腰に回って、彰人を支える。そのままくるりと体の向きを変えられてしまう。

胡坐《あぐら》を掻いた伏見の上に跨るようにして膝をついた。筋肉質の両肩に手を置き、見下ろす。彰人の腰を抱いた伏見が挑むようにして見上げてきた。

ごくりと喉を鳴らす。久しぶりだから、上手く出来るだろうか。彰人は恐る恐る背後に手を伸ばし、伏見の屹立をそっと摑んだ。

伏見の体がビクッと僅かに揺れる。太い茎を支えて、彰人はゆっくりと狙《ねら》いを定めて腰を下ろした。伏見の唾液で綻《ほころ》んだ後孔に灼熱《しゃくねつ》の切っ先が触れる。

「……んっ」

ぐうっと圧がかかり、襞が限界まで引き伸ばされる。はあ、と熱い息を吐いた。男の雄に排泄《はいせつ》器官を征服されていく倒錯的な行為に、ゾクゾクッと甘い愉悦が湧《わ》き上がってくる。

呼吸を合わせてゆっくりと腰を沈めていく。みちみちと粘膜を押し広げられる感覚が堪らない。舌では届かなかった場所まで難なく飲み込んでしまう。覚えのある官能に煽られて、弾む吐息が熱く濡れる。更に腰を落としていき、とうとう伏見のすべてを収め切った。

これ以上ないほど深くまで貫かれて、思わず悦《よろこ》びに打ち震える。

「……エロいな」

伏見が眼福とばかりに彰人の痴態を眺めて、舌なめずりをしてみせた。

「あ……っ、ん、伏見さん……」

我慢できずに無意識に腰を揺らしてしまう。

「二人きりの時くらいは名前で呼べよ、彰人」

尖り切った胸の粒を舌先で転がされて、彰人はヒッと濡れた声を上げた。

「……ふ、ふし……まっ、雅文《まさふみ》さん……お、お願い、もう……っ」

体の奥が疼いて切ない。いいところに切っ先が当たるよう腰をくねらせると、ふいに下方からズンと突き上げられた。

「あぁっ」

どうしようもなく感じて、彰人は嬌声を上げた。一度離れた腕を伸ばし、伏見にしがみつく。様子を見ながら何度か揺すり上げられ、徐々にその速度が速まってゆく。

ふいに体が浮くほど激しく腰を突き入れられた。一瞬浮遊した体が落ちて、自分の重みで益々結合が深まる。

「あっ…あっ…熱……んんっ」

容赦なく粘膜を擦り上げられる。一番敏感な最奥に先端を押し当てられ、捏《こ》ねるようにして腰を回された。執拗に体内をグチュグチュと掻き回す卑猥な動きに翻弄される。

「やっ、あ、あ、ああっ」

ビクビクッと痙攣《けいれん》して、彰人の昂《たか》ぶりは呆気《あっけ》なく弾けた。白濁を胸にまで撒《ま》き散らし、ぐったりと伏見に寄りかかる。だが、息をつく間もなく、そのままベッドに押し倒された。

「――まだだ」

中を貫く角度がぐうっと変わる。

「あっ、や、待って……ひっ」

彰人の両脚を抱きかかえて、伏見が激しく腰を叩きつけてきた。達したばかりの敏感な粘膜をこれでもかというほど擦り上げられる。

「あ、あ、あ…っ」

一旦収まったはずの股間があっという間に熱を孕む。ぶつかり合う肌の音が鳴り響くほどの力強い抽挿に、意識を手離してしまいそうになる。奥深くまで何度も貫かれた。伏見の有り余る熱情をすべてぶつけられる。わけがわからないほど感じてしまい、彰人の口からはひっきりなしに嬌声が漏れる。伏見の深い愛に引き摺り込まれて今にも溺れそうだ。

「好きだ、彰人」

荒々しい呼吸を交えて伏見が告げてくる。

「愛している……っ」

「あ、お、俺も……っ」

唐突に、ビクンと下腹部が痙攣した。狂おしいほどの熱の奔流が駆け上がってくる。

「あ、あっ、ん――っ、ああっ！」

大きく仰け反り、二度目にもかかわらず、まだ十分に濃い体液を勢いよく放った。

「……うっ」

伸び上がった伏見が彰人を抱き締めて腰を突き入れた。次の瞬間、恐ろしいほど膨れ上がった彼の劣情が最奥で爆ぜる。体内に夥しいほどの熱が広がってゆく。

伏見の体液で自分が満たされていく感覚に途轍もない幸福感を覚えた。心も体も結ばれて、ようやく恋人としても一歩進めた嬉しさが込み上げてくる。

――俺も愛してるよ、雅文さん……。

彰人は彼のすべて受け止めながら、汗ばんだ愛しい肌を抱き締めた。

■□■

いつものように事務所を訪れた彰人はふと違和感を覚えた。

疑問符を抱えながら応接室を見回す。何だろう。何か昨日とは違うような――。

違和感の原因を突き止めて、彰人は声を上げた。

「あっ！」

「何で、この写真がこんなところに」

慌ててサイドボードに駆け寄る。真新しいフレームに収まっていたのは、女装姿の彰人。

視線は明後日の方向を向いているので完全な隠し撮りだ。犯人は一人しかいない。

こんなものを飾るなんてどうかしている。健に見られる前に写真を処分しようと、彰人は慌てて手を伸ばす。しかしその寸前、横から突進してきた相手に掻《か》っ攫《さら》われてしまった。

「何すんだよ、アッキー」

健だった。

「せっかく飾ったのに」と、やたらとキラキラしたフレームを胸に抱き締める。

彰人は唖《あ》然《ぜん》としながら、健を説得した。

「せっかくって、それはダメだよ。そんな写真、俺の恥を晒してるだけだろ？」

「そんなことないって。だってこれ、すごい美人だし。ね、父ちゃん」

健が振り返った。パーテーションの奥から姿を現したのはジャージ姿の伏見だ。ティッシュボックスを抱えてぐすぐすと洟《はな》を啜っている様子から察するに、またお気に入りＤＶＤを観て泣いていたのだろう。

伏見は健が掲げた写真を見やる。そして大きく頷いた。

「間違いなく美人だな」

「ちょっと。雅文さんだろ、この写真を撮ったの！　何で健くんに見せるんだよ」

「別に見せたわけじゃないぞ。写真の整理をしていたらたまたま健が帰ってきたんだ」

「最初見た時、全然わかんなかったよ。アッキー、足もきれいだよね。まだいっぱいあったよ、アッキーの写真。父ちゃん、ちょっとヘンタイチックだからさ」

「お前に言われたくないぞ。銀次の写真ばっかりニヤニヤしながら撮り溜《た》めてるくせに」

「……似たもの親子だよ」

彰人はがっくりと項垂れてため息をつく。そこへ散歩に出かけていた銀次様が窓から戻ってきた。健が駆け寄っていく。

くつくつとおかしそうに喉を鳴らしている伏見を、彰人は睨《ね》めつけた。

「俺の写真、全部出してよ。処分するから」

「えー」

伏見が子どものように間延びした声を聞かせた。「嫌だよ。せっかく撮ったのに」

「嫌だじゃない。大体、仕事で女装したのに、あんなふうに飾ってたら、俺のただの趣味みたいだろ」

「いいんじゃないか？　似合ってるんだし。健もお気に入りだぞ」

「健くんの将来が不安だよ」

父親のくせに伏見が腹を抱えて笑い出す。悶《もだ》える首元で何かがキラッと煌《きらめ》いた。シルバーのチェーン。服で隠された場所には彰人が渡した指輪がぶらさがっている。

こっそり頬を弛《ゆる》ませていると、伏見が「そうだ」と思い出したように立ち上がった。

事務机に戻って、手招きをしてくる。

「？」

歩み寄ると、「新しく引き受けることになった仕事だ」と一枚のA4用紙を渡された。

「そろそろ春休みだろ？　浮気調査だけど、彰人に任せてもいいか？」

伏見の言葉に、彰人はハッと顔を撥《は》ね上げた。

「もちろんサポートには入るけど、今現在、併行して取り掛かっている仕事がいくつかあってさ。その件は彰人メインで進めてもらいたいんだけど……」

「う、うん。やるよ」彰人は食い気味に頷く。「やらせてください！」

伏見が少々面食らったような顔をして、ふっと笑った。

「わかった。じゃあ、お前に任せる」

彰人は詳細が記された紙面をじっと見つめた。じわっと胸に熱いものが込み上げてくる。

この先、自分が何をやりたいのか、どんな道に進みたいのか。日に日に明確になってきているような気がする。

そのうち、伏見に相談するつもりだ。そして一度帰省して、きちんと両親と向き合って話をしたいと思う。祖父母の墓にも参って報告したいことがたくさんある。

まずは、この与えられた仕事を責任もってやり遂げることだ。せっかく伏見に任せてもらえたのだ。そのことがまず嬉しい。期待に応《こた》えたいと俄然《がぜん》張り切る。

「なあ、彰人。今日のメシは何？」

肘《ひじ》掛け椅子《いす》に座って背中を伸ばしていた伏見が、甘えるような声で訊《き》いてきた。

「今日はグラタンにする予定だけど。健くんが食べたいって言ってたから」

健はベランダで銀次様と何やら喋《しゃべ》っている。

「グラタンかあ。いいねえ、寒い冬にぴったりだな」

にんまりと笑った伏見がふいに彰人の腕を引いた。ガクッと前のめりになった彰人に、チュッと軽く口づけてくる。

「――！」

びっくりして目を瞠ると、伏見がしてやったりという顔でニッと笑った。

「グラタン、楽しみだなあ」

ニヤニヤと脂下《やにさ》がった顔で、書類に目を落とす。

「……雅文さんのだけ、エビ抜きにしてやる」

カアッと頬を熱くした彰人はフンッと踵《きびす》を返すとキッチンへ向かった。「ええっ⁉」と、伏見の慌てる声。

ふと、サイドボードの写真が目に留まる。

彰人は立ち止まり、照れ隠しでむくれていた頬を思わずふっと弛ませた。

女装姿の彰人の隣には、いつかの食事風景を切り取った仲睦まじい家族写真が大切に飾ってあった。

銀次、デレる。

オレ様は猫である。名前は銀次《ぎんじ》。

良い飼い主とは、愛猫《あいびょう》の食事のタイミングをきちんと把握しているものである。

『………』

オレ様は空っぽの皿を見つめて嘆息した。

すでに太陽は真上に昇り、世の中の大半の人間が活動している時間だ。タケルは今朝も元気に登校していき、オレ様も町中を巡回してきたところだった。

しかしである。

この事務所の主はぐうたらと寝てばかりでいまだ寝室に引きこもっているらしかった。昨日は随分と帰りが遅かったようだが、そんな人間の都合などオレ様の知ったことではない。

とにもかくにも、食事である。

今日はぐうたらが家にいるので、タケルもオレ様の食事を二食分用意していかなかった。

「父ちゃん、銀次様の昼ゴハン頼んだよ」「あー、わかったわかった」

まったくもってわかっていない。

ぐうたらのハニーが来てくれたら何の問題もないのだが、ヤツはだいがくという場所に通っている。それが終わらないとここには来ないのだ。

困った。ちょっとばかし腹が減った。

午後からは、隣町の暴れん坊がどうやら遠征の計画を企てているらしいとの情報を聞きつけて、臨時の猫集会が開かれる予定になっている。この町の参謀役の自分が欠席するわけにはいかない。腹ごしらえして気合いを入れなければと思っていたところである。

『…………』

寝室のドアを睨《にら》みつける。仕方ない。オレ様は足場を見定めると、床を蹴《け》った。壁と棚を駆使してドアの取っ手にしがみつく。『ぶにゃっ！』ツルツル滑るので、必死に前肢《まえあし》を引っ掛けて、全身を使って器用に捻《ひね》った。

ゆっくりとドアが開く。オレ様の運動神経をもってすればこれくらい朝飯前だ。

その時、ゴンッと何かにぶつかって、ドアが跳ね返った。

『!?』

衝撃でしがみついていたオレ様の肢がツルンと滑る。落ちた。

これくらいどうってことないので素早く起き上がる。それにしても、こんなところに障害物があっただろうか？　ハニーが毎日掃除をしているので部屋の中はいつも綺麗《きれい》に整っている。以前の汚い部屋と比べるとえらい違いだった。

「……イッテェ。何で急にドアが開くんだ……？」

低い声が聞こえてきた。オレ様は不本意ながらビクッとその場に立ち止まる。ひどく耳障りな汚い声だった。ガサガサとした掠《かす》れ声。

「うー……頭がガンガンするぞ……やばいな、これ」

声の主はぐうたらだった。部屋からのっそりと這い出てくる。

「クソッ。やっぱり昨夜、雨に降られたせいだな。もともとちょっと風邪気味だったもんなあ。しまったなあ、今日は彰人《あきと》は……確か昼過ぎには来るって言ってたんだけど……」

でかい図体《ずうたい》を引きずるようにしてどうにか立ち上がったぐうたらが、応接間を見回した。ハニーを捜しているようだが、もちろん姿はない。がっくりと項垂《うなだ》れる。

ふと目が合った。

「……おう、銀次。戻ってたのか」

ガサガサの声が降ってくる。どうやら本当に調子が悪いようだ。いつものような暑苦しい覇気が消えている。

「そういえば、餌《えさ》をやらなきゃいけなかったんだっけ。ちょっと待ってろよ、餌、餌……」

ぐうたらがのろのろと歩き出す。オレ様も少し距離をあけて後をついていく。数歩進んだその時、バタンッとぐうたらが床に倒れ込んだ。

緊急事態発生。

オレ様はとにかく走った。

通り慣れた道を猛スピードで駆け抜ける。間もなくして【ふきのせ商店街】の入り口が見えてきた。それなりに人通りは多く、邪魔な人間の足の隙間《すきま》を縫うようにして走る。

キラキラとやたらと眩《まぶ》しい一角が現れる。【浜田《はまだ》青果店】の看板。

「坂上さん、今日はトマトがとてもお安いですよ。ほら、まるまるとしてツヤツヤのプリプリでしょ？　……紗和子《さわこ》さんの瑞々《みずみず》しい肌みたい」

「もー、いやぁだ。直衛《なおえ》くんったら」

キラキラは今日も絶賛タラシ中だった。理由は特にないが何だかイラッとしたので、オレ様はキラキラの足に猫パンチをお見舞いしてやった。

「おっ」

キラキラがこっちを見た。「銀次様？　どうしたんだよ、ひとり？　珍しいね」

『なうらーん』

オレ様は銜《くわ》えていたそれを差し出した。キラキラが怪訝《けげん》そうに受け取る。

「……アッキーの写真？　どうしたの銀次様、こんなの持って。アッキーを捜索中？」

『なぷっ』

くいっと顎《あご》をしゃくった。小さな薄い板を耳に押し当てている主婦が通りかかる。

「……ケータイ？　ああ、わかった。アッキーに電話しろってこと？」

『にゃおらん！』

キラキラは勘がいい。意図を素早く察して、エプロンのポケットから取り出した人間《け》の文《え》明《た》の利器《い》を操作し始めた。

「あ、アッキー？　今話しても大丈夫？」

ハニーに繋《つな》がったようだ。

「うん。あ、そうなんだ？　じゃあ、もう駅に着いたとこ？　いや、実は銀次様が今うちに来ててさ。何だか、どうしてもアッキーと喋りたいみたいなんだよね」

キラキラがけえたいを差し出してきた。「はい、銀次様。アッキーだよ」

オレ様は思い切り息を吸い込む。そしてハニーに伝えた。

『ぶにゃにゃわにゃうのわらーん！』


それからほどなくして、ハニーがやって来た。

息を切らして全力疾走。呼吸を整える時間も惜しむように、オレ様の前にしゃがみ込む。

「銀次様、どうした？」

ハニーが汗だくで訊《き》いてきた。

「銀次様があんなに長文を喋るなんて、よっぽどのことがあったんじゃないの？」

さすがハニー。美味い飯を作るヤツは理解力が違う。

『なーう』

顎で行き先を指し示す。走り出すと、ハニーも必死についてきた。また走らせるのは少々気の毒だったが、ぐうたらのピンチだ。ここは我慢してほしい。

「事務所？」ハニーが顔色を変えた。「もしかして、雅文《まさふみ》さんに何かあったのか？」

急いで階段を駆け上がり、ドアを開けた。鍵《かぎ》は開いていた。ハニーが靴を脱ぎ捨てて部屋に飛び込む。そして倒れているぐうたらを発見。

「雅文さん！」

ハニーがぐうたらに駆け寄った。「すごい熱じゃないか。もう、何やってんだよ」

「アッキー、どうかした？　大丈夫？」

気になったのか、キラキラもオレ様たちを追い駆けてきたらしい。状況を把握したキラキラが、「かかりつけの医者があるから、すぐに連絡するよ」とけえたいを取り出す。

「雅文さん、しっかりしてよ。雅文さん！」

「……うぅ……あ、彰人……？　ど、どうしたんだよ、何で、泣いてるんだ……？」

「もう、雅文さんのせいだよ！」

涙ぐむハニーを、困ったようにぐうたらが見上げている。げっそりとしていたが、ぐうたらの顔は心なしか幸せそうだった。

「父ちゃん、ぶっ倒れたんだって？」

ランドセルを背負ったまま、タケルが駆け込んできた。

「おー、健《たける》。おかえり」

ぐうたらが布団の中から弱々しく手を上げる。「おかえりじゃないよ」と、タケルが心配そうに唇を尖らせた。「アッキー、父ちゃん大丈夫なの？」

「うん。お医者さんに診《み》てもらったから。薬も貰《もら》ったし、安静にしていれば治るって」

「そっか」タケルがホッと息をつく。「父ちゃん、おとなしく寝てろよ。銀次様、ちゃんと見張っといてね。アッキー、何か手伝うことない？　買い物なら俺が行ってくるよ」

タケルは起き上がろうとしたぐうたらに釘《くぎ》を刺し、慌ただしく寝室を出ていってしまった。

「……あーあ、情けねえなあ」

ぐうたらがため息をつく。オレ様は深く頷《うなず》いた。まったくもってその通りだ。

「銀次、お前が彰人を呼びに行ってくれたんだって？」

布団の中から、ぐうたらが手を伸ばしてきた。だが、あとちょっとの距離が届かない。オレ様は畳を叩くぐうたらの手をちらっと見る。

「頑張ってくれてありがとうな、助かった」

『！』

予想外の謝辞に、思わずビクッと背筋を伸ばしてしまった。いつもは生意気なぐうたらのくせに調子が狂う。オレ様は動揺を隠せず、ふいっとそっぽを向いた。

勘違いするなよ？　ちらっと横目にぐうたらを見やる。オレ様はお前のために一役買ったわけじゃない。お前に何かあればタケルとハニーが悲しむから仕方なく走ってやったんだ。集会を早めに切り上げて帰ってきたのも、別にお前のことを心配したわけではないからな。

「銀次。お前、本当はいいヤツだもんなあ」

『………』

熱のせいで、気が弱くなっているのだろう。ぐうたらがずずっと洟《はな》を啜《すす》った。

オレ様は小さくため息をつく。そして、畳の上に放り出してあるぐうたらの手に、ちょんと自分の右前肢をのせてやった。ハッとしたぐうたらが頭を持ち上げる。すぐに肢を引っ込める。

「――銀次！　よし、来い。一緒に寝るか」

ぱあっと顔を明るくしたぐうたらが布団を剥《は》いで、パンパンと叩《たた》いてみせた。冗談じゃない。誰がそんなむさ苦しいところへ入るものか。

オレ様はフンとそっぽを向いて歩き出す。ぐうたらが「何だよ、つれないなあ」とブウブウ文句を垂れる。まったく、調子に乗るとすぐこれだ。

わかっていないようだから、もう一度言っておく。

オレ様は、お前のために頑張ったんじゃないんだからニャ。

あとがき

このたびは拙著をお手に取っていただき、ありがとうございました。

前々回でパパとツインズを書かせてもらったのですが、今回は子どもの年齢を倍にしてみました。その結果、パパと主人公の年の差が十五歳。書きながら気づいたのですが、パパよりもその子どもの方が主人公と年が近いんですよね。十代の頃に感じた年の差って、たった一歳でも物凄く距離があったように思います。一年先輩がとても偉い人のように思えて敵わなかった気が……。その点、社会人になると、二十代も三十代も考えてることはあまり変わらないなと思うことがしばしばあったり。特に男性は少年の心を持ち続けている方も結構いらっしゃって、ビシッとスーツを着ていながら、目をキラキラさせてプラモデルの話に夢中になっている姿を見ると、こういうギャップもアリなのか——…と思った経験が、今回のお話にも少し繋がっています。

パパ探偵とクール小学生と影の主役、銀次様。そこに大学生アルバイトがやってくるところから始まりますが、とても楽しく書かせていただきました。もうそこは銀次様でわかっていただけるかと思います。口絵のラフが届いた時のあの衝撃！　更にカラーになって倍増。ラブの要素が一切無いのに、とてもありがたい一枚になっております。思わず手を合わせて拝みました。招き猫、銀次。

そんな素敵なイラストを描いてくださいました、鈴倉温先生。容姿の描写が少なかったにもかかわらず、どのキャラクターもイメージぴったりに仕上げてくださって感激です。登場人物の間に銀次様がポツポツと挟まっていて、それがもうたまらなくかわいかったです。そして健の眉毛。『おとうさんと同じまゆげ』と、さらっと書き添えてあったコメントにキュンとしました。特に彰人は少ない外見情報でこんな素敵な主人公になって帰ってきましたし、伏見もかっこいいんだけどちょっと暑苦しい感じで……というおかしな注文をかなえていただき、惚れ惚れさせてもらいました。お忙しい中、どうもありがとうございました。

いつもお世話になっております担当様。もう何と言っていいのやらわからないくらい、ご迷惑をおかけしてしまいました。様々なアドバイスをいただき、縋りつきながら何とかここまで辿り着いたという感じです。そんな中、口絵の指定箇所を聞いて、やっぱり担当さんだわと思ってしまいました。残りの作業は、銀次様にお祈りしつつ進めておりました。「本当はBLでラブなんですから、もっと色っぽいシーンをカラーにした方がいいんでしょうけど……」と言いながら、このページを指定されるちょっと歪んだそのセンス。大好きです。今後ともどうぞよろしくお願い致します。

そして改めて、この本を読んでくださったみなさまに多大な感謝を。ほっこりとしつつ楽しんでいただけたら嬉しいです。本当にどうもありがとうございました！

棒名　悠

✦初出　パパ探偵の蜜色事件簿……………書き下ろし
パパ探偵の薔薇色の日々…………書き下ろし
銀次、デレる。……………………書き下ろし

榛名 悠先生、鈴倉 温先生へのお便り、本作品に関するご意見、ご感想などは
〒151-0051 東京都渋谷区千駄ヶ谷 4-9-7
幻冬舎コミックス　ルチル文庫「パパ探偵の蜜色事件簿」係まで。

幻冬舎ルチル文庫

パパ探偵の蜜色事件簿

2016年3月20日　第1刷発行

✦著者	榛名 悠　はるな ゆう
✦発行人	石原正康
✦発行元	株式会社 幻冬舎コミックス 〒151-0051 東京都渋谷区千駄ヶ谷 4-9-7 電話 03(5411)6431［編集］
✦発売元	株式会社 幻冬舎 〒151-0051 東京都渋谷区千駄ヶ谷 4-9-7 電話 03(5411)6222［営業］ 振替 00120-8-767643
✦印刷・製本所	中央精版印刷株式会社

✦検印廃止

ISBN978-4-344-83690-7　C0193　Printed in Japan